국어과 선생님이 뽑은

한국문학읽기
한국고전읽기
세계문학읽기

국어과 선생님이 뽑은

홍길동전

dskimp2004@yahoo.co.kr 엮음

북·앤·북

국어과 선생님이 뽑은 홍길동전

하늘이 정한 운명 인력으로 어찌할 수 없는 데……

초판 1쇄 ┃ 2008년 5월 15일 발행

지은이 ┃ 허균
옮긴이 ┃ 이정민
엮은이 ┃ dskimp2004@yahoo.co.kr
교   정 ┃ 이정민
디자인 ┃ 인지숙
일러스트 ┃ 김한결 · 이혜인 · 주승인
펴낸이 ┃ 이경자
펴낸곳 ┃ 북앤북

주소 ┃ 서울 마포구 망원1동 380-57
전화 ┃ 02-336-9948
팩시밀리 ┃ 02-337-4315
등록 ┃ 제 313-2008-000016호

ISBN 978-89-89994-40-4-04810
잘못된 책은 구입하신 서점에서 바꾸어 드립니다.

이 책에 수록된 작품의 표기는 '한글 맞춤법'의
규정을 원칙으로 하되 작가 특유의 문체나
방언 등은 원본에 따른다.

하늘이 정한 운명 인력으로 어찌할 수 없는데……

 에게 드립니다

홍길동전 미리보기

조선조 세종 때 서울에 사는 홍판서가 용꿈을 꾸어 길몽이기에 정실 부인과 가까이하려 하였으나 응하지 않아 춘섬과 정을 통해 길동을 얻는다.

길동은 어려서부터 대단히 총명하였으나 어미의 몸이 천인 신분이라 아버지를 아버지라 부르지 못하고 형을 형이라 부르지 못하여 마음 속에 한을 품는다. 한편 아들이 없는 초란은 계략을 꾸며 길동을 해치려 한다. 다행히 위기를 모면한 길동은 홍판서에게 하직 인사를 하고 집을 떠난다. 그러다가 도적의 소굴에 들어간 길동은 용력과 신비한 재주로 그들의 우두머리가 된다. 그는 그 무리의 이름을 활빈당이라 명명하고 기이한 계책으로 팔도 지방 수령들의 재물을 탈취하여 백성들에게 나누어 준다. 조정에서는 현상금을 걸고 길동을 잡으려 하지만 초인적인 길동의 도술을 당해 낼 수 없었다. 조정에서 길동을 회유하려고 병조판서로 임명하자 길동은 조선을 떠나 제도로 간다.

한편 길동은 아버지의 부음을 짐작하고 집으로 찾아가 어머니 춘섬과 함께 아버지 홍판서의 시신을 운구하여 자신이 정한 묏자리에 모시고 삼년상을 마친다. 그 뒤 율도국의 왕이 되어 나라를 잘 다스린다.

홍길동전 핵심보기

이 작품은 허균이 지은 우리나라 최초의 국문 소설로 봉건 사회의
문제점을 비판한 사회 소설이다. 홍길동전은 크게 길동의 가출, 의적
활동, 이상국 건설로 구성되어 있다. 길동의 가출로 적서 차별의
부당함을 드러내고 의적이 된 길동이 탐관오리의 부패상을 고발하고
그 대안으로 율도국이라는 이상향을 제시한다. 이 이상향은
박지원의 허생전에도 드러나 있다.

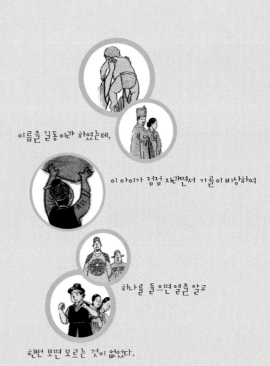

이름을 길동이라 하였는데,

이 아이가 점점 자라면서 기골이 비상하여

하나를 들으면 열을 알고

한번 보면 모르는 것이 없었다.

홍
길
동
전

하늘이 정한 운명 인력으로 어찌할 수 없는데……

조선국 세종대왕 즉위 십오 년 홍화문 밖에 한 재상이 살고 있었는데, 성은 홍이요, 이름은 문으로 위인이 청렴강직하고 덕망이 거룩하여 당세의 영웅이었다. 일찍 등용문에 올라 벼슬이 한림에 이르러 명망이 조정의 으뜸이 되자, 전하가 그 덕망을 높이 여기시어 벼슬을 돋우어 이조판서로 좌의정을 내리셨다. 승상이 나라의 은혜에 감동하여 갈충보국(충성으로 나라에 은혜를 갚음)하니 사방에 일이 없고 도적이 없으며 풍년이 들고 나라가 태평하였다. 하루는 승상이 난간에 기대어 잠깐 졸았다.

한풍이 길을 인도하여 어느 곳에 이르자 청산은 높이 솟고 녹수는 넘칠듯이 가득한데 버들은 천만 가지 녹음이 가냘프고, 황금 같은 꾀꼬리는 춘흥을 희롱하여 버들사이로 왕래하며 아름다운 꽃과 고운 풀들이 만발하고, 청학, 백학이며 비취, 공작이 봄빛을 자랑하였다. 승상이 경치를 구경하며 점점 깊숙이 들어갔다. 만장절벽은 하늘에 닿아 있고 굽이굽이 벽계수는 골골이 폭포가 되어 오운이 어리었는데 길이 끊어져 헤메고 있었다. 그런데 갑자기 청룡이 물결을 헤치고 나타나 머리를 들어 고함을 쳐서 산학이 무너지는 듯하더니, 그 용이 입을 벌리고 기운을 토하여 승상의 입으로 들어오는데 잠을 깨어 보니 평생의 대몽(大夢)이었다.

승상이 속으로 생각하여 헤아리기를,

'필연 군자를 낳을 꿈이다!'

하여, 즉시 내당에 들어가 부인을 이끌어 취침코자
하니 부인이 정색하며 말하였다.

"승상은 나라의 재상으로서 체위가 존중하신데, 대
낮에 정실에 들어와 노류장화(아무나 꺾을 수 있는
꽃, 기생)같이 하시니 재상의 체면이 어디에 있습
니까?"

부인의 말씀은 당연하나, 대몽을 허송할까봐 꿈 얘
기는 하지 않은 채 승상이 계속 간청하셨지만 부인
이 옷을 떨치고 밖으로 나가버렸다. 승상은 무안해
하고 부인의 도도한 고집을 애달파하며 수없이 한
탄하시고는 외당으로 나왔다.

그때 마침 시비 춘섬이 차를 올리자 좌우 고요함을
틈타 춘섬을 이끌고 원앙지낙(부부의 정)을 이루었
다. 승상은 그나마 울화를 덜기는 하였지만 마음속
으로 못내 아쉬워하였다.

춘섬은 비록 천인이었으나 재덕(才德)이 순직하였는데 갑자기 승상의 위엄으로 친근하시니 감히 영을 어기지 못하여 순종한 후로는 중문 밖으로 나가지 않고 행실을 닦았다. 그 달부터 태기가 있어 열 달이 되자 춘섬이 거처하는 방에 오색운무 영롱하며 향내가 기이하였다. 혼미한 중에 해태(解胎)하니 일개 기남자였다.

삼일 후에 승상이 들어와 보시고 한편으로는 기쁘나 그 천한 출생을 안타까워하셨다. 이름을 길동이라 하였는데, 이 아이가 점점 자라면서 기골이 비상하여 하나를 들으면 열을 알고 한번 보면 모르는 것이 없었다.

하루는 승상이 길동을 데리고 내당에 들어가 부인에게 탄식하며 말하였다.

"이 아이가 비록 영특하나 천생이라 무엇에 쓰리오. 원통하오, 부인의 고집이여. 후회막급입니다!"

부인이 그 이유를 물으니 승상이 양미간을 빈축하여 말하였다.

"부인이 전에 내 말을 들으셨다면
이 아이는 부인의 복중에서 태
어났을 것을, 이렇게 천생이
됐을 것이오?"
하며 대몽 꾼 일을 말씀하시니
부인이 안타까이 말하였다.
"하늘이 정한 운명을 인력으로 어
찌 하겠습니까?"

세월이 흘러 길동의 나이 팔 세가 되었다. 위아래
모두 칭찬하지 않는 이가 없고 대감도 사랑하셨다.
그러나 길동은 부친을 부친이라 못하고 형을 형이
라 부르지 못하여 스스로 천생임을 한탄하고 가슴
에 원한이 맺혀 있었다.
칠월 보름달 밝은 빛 아래 정하에서 배회하는데 추
풍(秋風)은 삽삽하고 기러기 우는 소리는 사람의 외
로운 심사를 더하여 홀로 탄식하며 말하였다.
"대장부가 세상에 태어나 공맹(孔孟)의 도학을 배워

출장입상(出將入相)하여, 대장인수를 허리에 차고 대장단에 높이 앉아 천병만마를 지휘 중에 넣어두며, 남으로 초를 치고 북으로 중원을 정하며 서로 촉을 쳐 대업을 이룬 후에 얼굴을 기린각에 빛내고 이름을 후세에 전함이 대장부의 당당한 일이다. 옛 사람이 이르기를 '왕후장상(王侯將相)의 씨가 따로 없다.' 하였으니 나를 두고 이름인가? 아무리 갈관박(褐寬博, 천한 사람)이라도 부형을 부형이라 하는데 나만 홀로 그렇지 못하니 무슨 인생이 이러한가?"
억울한 마음을 걷잡지 못하여 달빛 아래에서 칼을 잡고 검무를 추며 장한 기운을 이기지 못하였다.
이때 승상이 밝은 달을 보기 위해 창을 열었다가 길동의 거동을 보시고 놀라며 말씀하셨다.
"이미 밤이 깊었는데 네가 무슨 흥이 있어 이러하느냐?"
길동이 칼을 던지고 엎드려 말하였다.

"소인은 대감의 정기를 타 당당한 남자로 태어났으니 이만한 좋은 일이 없으나 평생을 서러워하는 이유는, 아비를 아비라 부르지 못하고 형을 형이라 못하여 노복들까지 천하게 보고 친척 고두도 손으로 가리켜 누구의 천생이라고 이르니 이런 원통한 일이 어디에 있습니까?"

하며 대성통곡하였다.

대감이 마음속으로는 긍측(불쌍하고 가엾게)히 여기시나 만일 그 마음을 위로하였다가 자칫 방자해질까 염려하여 꾸짖었다.

"재상의 천비 소생이 너 뿐만이 아니니 방자한 마음을 두지 말라. 이후에 다시 그런 말을 한다면 내가 용납하지 않을 것이다!"

하시니, 길동은 한갓 눈물을 흘릴 뿐이었다. 이윽히 엎드려 있으니 대감이 물러가라 하셨다.

길동이 돌아와 어미를 붙들고 통곡하며 말하였다.

"모친은 소자와 전생연분으로 이번 생에 모자간이 되어, 낳아 기른 부모의 은혜를 생각하면 넓고 큰

하늘과 같습니다. 남아가 세
상에 태어나서 입신양명하
여 위로 향화(제사)를 받들
고 부모가 길러준 은혜를
만분의 일이라도 갚아야
도리인데, 이 몸은 팔자
가 기박하여 천생이라고 남의 천대를 받으니 대장
부가 어찌 구구히 후회를 할 것이오? 이 몸이 당당
히 조선국 병조판서 인수를 띠고 상장군이 되지 못
할 바에야 차라리 산중에 몸을 붙여 세상의 영욕을
잊고자 합니다. 엎드려 바라건대 모친은 자식의 사
정을 살피셔서 버린 셈치고 있으면 나중에 소자가
돌아와 오조지정을 이룰 날이 있을 것이니 그렇게
짐작하십시오."
하고 말을 하는데 사기가 도도하여 도리어 슬픈 마
음이 가신 듯하다.
길동의 모친이 이 모습을 보고 잘 타일러 말하였다.
"재상가 천생이 너 뿐만이 아니다. 무슨 말을 들었

기에 어미의 간장을 이다지도 상하게 하느냐? 어미의 낯을 보아 때를 기다리면 대감의 분부가 곧 있을 것이다."

길동이 말하였다.

"부형의 천대는 고사하고 노복이며 친구들의 이따금 들리는 말이 골수에 박히는 일이 허다하였습니다. 게다가 최근에 곡산모의 행색을 보면, 자신보다 나은 사람을 시기하여 과실 없는 우리 모자를 원수같이 보아 해칠 뜻을 두어 머지않아 큰 우환이 닥칠 것입니다. 그러나 소자가 나간 후에라도 모친에게 후환(後患)이 미치지 않게 할 것입니다."

어미가 놀라며 말하였다.

"네 말은 그렇지만 곡산모는 인후한 사람이다. 어떻게 그런 일을 한단 말이냐?"

길동이 말하였다.

"세상일은 예측할 수 없습니다. 소자의 말을 허투

루 생각지 마시고 앞으로 두고 보십시오."
하였다.

원래 곡산모는 곡산 기생으로 이름을 초낭이라 하였다. 대감이 총애하는 첩이 되고나서는 오만방자해져서, 노복이라도 자기 마음에 들지 않으면 참소(윗사람에게 고자질함)하여 사생(死生)을 관계하며, 다른 사람이 잘못되면 기뻐하고 뛰어나면 시기하였다.

대감이 용꿈을 얻고 길동을 낳아 사람들에게 자랑스레 일컫고 대감이 사랑하시는 것을 보고 이후로 길동에게 총애를 빼앗길까 염려하였다. 또한 대감이 이따금 희롱하시는 말씀이,

"너도 길동 같은 자식을 낳아 나의 모녀재미를 도우라."

하시니, 가장 무료(부끄럽고 열없음)해 하고 있었다.

그런 차에 길동의 이름이 날로 자자해지자 초낭이 더욱 시기하여 길동 모자를 눈의 가시같이 미워하며 해칠 마음이 급하였다. 재물을 풀어 요괴로운 무녀들을 불러 흉계를 모의하는데, 그 중의 한 무녀가 말하였다.

"동대문 밖에 관상을 잘 보는 계집이 있는데, 사람의 상을 한번 보면 평생의 길흉화복을 판단한다고 합니다. 그를 청하여 약속을 정하고 집안의 전후사를 미리 일러준 후에, 대감께 천거하여 길동의 관상을 여차여차히 아뢰어 대감의 마음을 놀라게 하면 낭자의 품고 있는 뜻을 이룰 수 있을 것입니다."

초낭이 크게 기뻐하면서 즉시 관상녀를 불러 재물을 넉넉히 주고 대감댁 일을 낱낱이 가르치고 나서, 길동을 제거할 약속을 정한 후에 훗날을 기약하고 보냈다.

어느 날 대감이 내당에 들어가 길동을 부른 후에
부인에게 말하였다.

"이 아이가 비록 영웅의 기상이 있지만 어디다 쓰
일 것이요."

하며 희롱하고 있었다.

그때 한 여자가 들어와 당하에서 뵙기를 청하니 대
감이 이상히 여겨 그 연고를 물었다. 그 여자가 땅
에 엎드려 말하였다.

"소녀는 동대문 밖에 사는데 어려서 한 도인에게

관상 보는 법을 배워, 두루 돌아 다니며 관상차로
만호(萬戶)의 장안을 편람하던 중에 대감댁의 만복
을 높이 듣고 천한 재주를 시험코자 왔습니다."
대감이 평소 같으면 어찌 요괴로운 무녀와 문답이
있을까마는 길동을 희롱하시던 중이었으므로 웃으
시며 말씀하셨다.

"아무튼 가까이 올라와서 나의 평생을
확론(確論)해 보라."
하시니, 관상녀가 몸을 굽히고 당에
올라 먼저 대감의 상을 살핀 후에
지나간 일들을 열심히 이르고 앞
으로 다가올 일들을 보이는 듯이
논단하니, 대감의 마음에 조금도 틀
리는 말이 없었다. 대감이 크게 칭찬하시며 계속해
서 집안사람들의 관상을 의논하자 낱낱이 본 듯이
평론하여 한 마디도 허망한 곳이 없었다. 대감과
부인이며 좌중의 여러 사람들이 크게 혹하여 신인
(神人)이라 일컬었다. 끝으로 길동의 상을 물으니

관상녀가 크게 칭찬
하며 말하였다.
"소녀가 여러 읍에 주
류하며 천만 사람을 보았으나 공자의 상
같은 이는 처음입니다. 잘은 모르지만 부
인이 낳은 자식이 아닌가 합니다."
대감이 속이지 못하여 말하였다.
"그것은 사실이지만 사람마다 길흉영욕이 각각 때
가 있으니 이 아이의 관상을 각별히 논단하라."
하니, 관상녀가 길동을 이윽히 보다가 거짓으로 깜
짝 놀라는 체하여 그 연고를 물으시는데도 함구하
고 말이 없자 대감이 재촉하였다.
"길흉을 조금도 숨기지 말고 보이는 대로 말하여
나의 의혹이 없게 하라!"
관상녀가 말하였다.
"이 말씀을 바로 아뢰면 대감의 마음을 놀라게 할
까 염려됩니다."
대감이 다시 말하였다.

"옛날 부귀와 공명을 모두 가진 곽분양 같은 사람
도 길한 때가 있고 흉한 때도 있었으니 무슨 여러
말이 있느냐? 관상이 보이는 대로 숨기지 말고 말
하라!"
하시니, 관상녀가 길동을 내보낸 후에
마지못한 체하며 은근하게 말하였다.

"공자에게 앞으로 다가올 일은 여
러 말씀 다 버리고 성(成)하면 군
왕의 상이요, 패(敗)하면 측량치 못
할 우환이 있습니다."
하여 대감이 크게 놀랐다가 진정한
후에 관상녀를 후하게 상급하시고
당부하였다.
"이와 같은 일을 함부로 입을 열어 말하지 말라!"
엄히 분부하셨다.
관상녀가 말하였다.
"왕후장상이 어디 씨 있습니까?"
대감이 누누이 당부하시니 관상녀가 손을 맞잡아

수명(受命)하고 돌아갔다.

대감이 이 말을 들으신 후 마음속으로 크게 근심이
되었다.

"이놈이 본래 범상한 놈이 아니요,
또 천생임을 자탄하여 만일 범람
한 마음을 먹으면 누대에 갈충보
국하던 일이 쓸데없는 일이 되고
큰 화가 가문에 미칠 것이니,
미리 저를 없애어 가문의 화를
덜고 싶지만 사람으로서는 차마 못할 일이다."

생각이 이러하지만 선처할 도리가 없어 일념이 병
이 되어 침불안식불감(자도 먹어도 걱정)하시는 것
이었다.

초낭이 대감의 기색을 살핀 후에 잠시 틈을 타서
여쭈었다.

"관상녀의 말처럼 길동이 왕기가 있어 만일 범람한
일이 있다면 장차 가문의 화를 예측하지 못할 것입

니다. 어리석은 제 소견으로는 적은 혐의를 생각하
지 마시고 큰일을 생각하여 미리 저를 없애는 것이
낫지 않을까 합니다."

대감이 크게 책망하여 말하였다.

"이런 말을 경솔히 할 수 있는 게 아닌데 네 어찌
하여 입을 지키지 못하느냐? 내 집의 운을 네가 관
여할 바가 아니다!"

초낭이 황공하여 다시 말씀을 못드리고 곧바로 내
당에 들어와 부인과 대감의 장자에게 여쭈었다.

"대감이 관상녀의 말씀을 들
으신 후로 근심을 많이 하시
지만 선처하실 도리는 없어
침식이 불안하시더니 결국에

는 병환이 나셨습니다. 그래서 소인이 걱정이 되어
여차여차한 말씀을 드렸더니 꾸중을 하셔서 다시
여쭙지 못하겠습니다. 소인이 대감의 마음을 헤아
려 본즉 대감께서도 저를 미리 없애고자 하시나 차
마 결정하지 못하고 계시니, 미련한 제 소견으로

선처할 모책이란 것은 먼저 길동을 없앤 후에 대감
께 말씀드리면 이미 저질러진 일이라 대감께서도
어쩔 수 없이 마음을 놓지 않을까 합니다."
부인이 빈축하며 말하였다.
"일은 그러하나 인정천리에 차마 할 바가 아니다."
하시니, 초낭이 다시 여쭈었다.
"이 일은 여러 가지를
관계합니다. 하나는
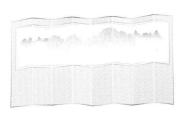
국가를 위함이요, 둘
은 대감의 환후를 위
함이요, 셋은 홍씨 가문을 위함입니다. 적은 사정
때문에 우유부단하여 여러 가지 큰일을 생각지 아
니하시다가 나중에 후회막급이 되면 어떻게 할 것
입니까?"
하며, 여러 가지 말로 부인과 대감의 장자를 달래
니 마지못하여 허락하셨다.
초낭이 비밀리에 집에서 나와 특자라 하는 자객을
청하여 자초지종을 전하고 은자를 많이 주어 오늘

밤에 길동을 해치라 약속을 정했다. 초낭이 다시 내당에 들어가 부인께 자초지종을 여쭈자 부인이 들으시고 발을 구르시며 못내 애석해 하셨다.

이때의 길동이 나이 십일 세였다. 기골이 장대하고 총맹이 절륜 하며 시서백가어를 무

불통지하였으나 바깥출입을 금하라는 대감의 분부 가 있었다. 혼자 별당에 있으면서 손오(춘추전국시 대의 병법가 손무와 오기)의 병서를 통리하여 귀신도 측량치 못하는 술법을 익히며, 천지조화를 품어 풍 운을 마음대로 부리고 육정육갑의 신장(神將)을 부 려 신출귀몰한 도술을 통달하니 세상에 두려운 것 이 없었다.

이날 밤 삼경이 되자 길동은 서안을 물리고 취침하 려 하였다. 그때 창 밖에서 까마귀가 세 번 울고 서쪽으로 날아가는 것을 보고 놀라며 의혹을 해석

해 보았다.

"까마귀가 세 번 '객자와 객자와'
하고 서쪽으로 날아가니 분명 자
객이 올 징조로구나! 어떤 사람
이 나를 해코자 하는가? 어쨌든
방신(防身)의 준비를 해야겠다."
하고, 방 안에 팔진을 치고 각각 방

위를 바꾸어, 남방의 이허중(사주학의 창시자)은 북
방의 감중련에 옮기고, 동방의 진하련은 서방의 태
상절에 옮기고, 건방의 건삼련은 손방의 손하절에
옮기고, 곤방의 곤삼절은 간방의 간상련에 옮겨, 그
가운데 바람과 구름을 넣어 조화무궁의 패를 벌리
고 때를 기다렸다.

한편, 특자는 비수를 들고 길동이 거처하는 별당에
가서 몸을 숨기고 그가 잠들기를 기다렸다. 그런데
난데없는 까마귀가 창 밖에 와 울고 가므로 마음이
불안하여 중얼거렸다.

"이 짐승이 무엇을 알기에 천기를 누설하는가? 길

동은 실로 범상한 사람이 아니다. 반드시 큰일에
쓰일 것이다."

하고는 돌아가고자 하였다. 그러나 은자를 받을 욕
심에 미련이 남아 잠시 후에 방 안에 들어가 보니
길동은 간데없었다.

대신에 일진광풍이 일어나 뇌성벽력에 천지가 진동
하며, 구름과 안개가 자욱하여 동서를 분별치 못하
여 좌우를 살펴보니, 많은 산봉우리와 산골짜기가
중중첩첩하고 큰 바다의 물이 넘쳐 정신을 수습하
지 못할 지경이었다.

특자가 마음속으로 헤아리기를,

"내가 분명 방 안에 들어왔는데 산은 어인 산이며
물은 어인 물인가?"

하며 갈 바를 알지 못하였다. 그러다가 갑자기 옥
피리 부는 소리가 들려 살펴보니 청의동자가 백학
을 타고 공중을 날아 왔다.

"너는 어떠한 사람이길래 이 깊은 밤에 비수를 들
고 나를 해코자 하느냐?"

특자가 대답하였다.

"네가 분명 길동이구나. 나는 너의 부형의 명령을 받아 너를 취하러 왔다!"

하고 비수를 들어 던지자 갑자기 길동이 사라지면서 찬바람이 크게 일어나고 벽력이 진동하며 하늘 가운데에는 살기뿐이었다.

특자가 크게 겁을 먹고 칼을 찾으며 혼자 중얼거렸다.

"내가 남의 재물을 욕심내다가 사지(死地)에 빠졌으니 누구를 원망하고 누구를 탓하리요."

하며, 길게 탄식하였다. 이윽고 길동이 특자의 비수를 들고 공중에서 외쳤다.

"필부는 들으라! 네가 재물을 탐하여 무죄한 인명을 살해하려고 하니 만약 너를 살려둔다면 이후에도 무죄한 사람이 허다하게 상할 것이다. 어떻게 살려 보낼 것이냐!"

하자 특자가 애걸하며 말하였다.

"이번 일을 꾸민 것은 소인의 죄가 아니라 공자님 댁 초낭자의 소위입니다. 바라건대 가련한 목숨을 구제하셔서 잘못을 뉘우치게 해 주십시오!"

길동이 더욱 분을 이기지 못하여 말하였다.

"너의 악함이 하늘에 사무쳐 오늘 나의 손을 빌어 나쁜 무리를 없애게 하는구나!"

하고 말이 끝나자마자 특자의 목을 쳐버렸다.

또 신장에게 호령하여 동대문 밖의 관상녀를 잡아 오게 하였다.

관상녀는 저의 집에서 자다가 풍운에 쌓여 호호탕 탕(끝없이) 어디로 끌려가는 줄도 모르고 있었다.

그러다 문득 길동의 꾸짖는 소리를 들었다.

"네가 요망한 년으로 재상가에 출입하며 인명을 상해하니 네 죄를 네가 아느냐?"

관상녀가 애걸하며 말하였다.

"이는 소녀의 죄가 아니라 다 초낭자의 가르침이니 바라건대 인후하신 마음으로 죄를 용서해 주십시오."

하니, 길동이 말하였다.

"초낭자는 나의 의붓어미라 어쩔 수가 없다. 하지만 너 같은 악종을 내 어찌 살려 둘 것이냐! 나중 사람을 위해 징계할 것이다!"

칼을 들어 머리를 베어 특자의 주검 위로 던지고는, 분한 마음을 걷잡지 못하여 곧바로 대감 앞에 나아가 이 변괴를 아뢰고 초낭을 베려하다가 홀연히 생각하였다.

"남이 나를 어길지언정 나는 남을 어기지 않음이라. 내 잠깐의 분함으로 어찌 인륜을 끊을 것인가!"

하고, 바로 대감 침소
에 나아가 정하에 엎
드렸다. 이때 대감이
문 밖에 인적이 있음
을 이상하게 여겨 잠
을 깨어 창을 열자 길
동이 있었다.

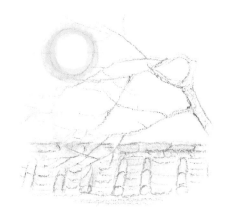

"밤이 깊었거늘 네 어
찌 자지 아니하고 무슨 연고로 이러느냐?"
길동이 눈물을 흘리며 대답하여 말하였다.
"가내에 흉한 변이 있어 목숨을 도망하여 나가면서
대감께 하직차로 왔습니다."
대감은 '필연 무슨 곡절이 있구나.' 생각하시고 이
르셨다.
"무슨 일인지 날이 새면 알 것이니 이만 돌아가서
자고 분부를 기다려라."
하시니, 길동이 말씀드렸다.
"소인은 이대로 집을 떠나가니 대감은 체후(體候)

만복하십시오. 다시 뵈올 기약이 아득합니다."

대감이 생각하기를, 범류가 아닌 길동을 만류하여
도 듣지 않을 줄 짐작하시고 물었다.

"네 이제 집을 떠나면 어디로 가느냐?"

길동이 대답하였다.

"목숨을 도망하여 천지로 집을 삼고 나가니 어찌
정처가 있을 것입니까. 그것보다 평생의 원한이 가
슴에 맺혀 원통함을 풀 날이 없으니 더욱 서러워합
니다."

하므로 대감이 위로하면서 말하
였다.

"오늘부터 네 소원을 들어줄 것
이니 나가서 사방에 주류할지라
도 죄를 지어 부형에게 우환을
끼치지 말고 얼른 돌아와 나의
마음을 위로하라. 여러 말 하지
않겠으니 부디 겸염하여라."

길동이 일어나 다시 절하고 말씀드렸다.

"부친이 오늘 오랜 세월의 소원을 풀어 주시니 이
제 죽어도 한이 없을 것입니다. 황공무지하며 바라
건대 아버님은 만수무강하십시오."

하직을 하고 나왔다.

그리고 바로 모친의 거처에 들어가 말씀드렸다.

"소자는 지금 목숨을 도망하여 집을 떠나니, 모친
은 불효자를 잊고 계시면 언젠가는 소자가 돌아와
다시 뵐 날이 있을 것입니다. 염려하지 마시고 삼
가 조심하여 천금귀체를 보중하십시오."

하고, 초낭의 작변하던 자초지종을 낱낱이 말씀을
드렸다. 어미가 그 변괴를 자세히 들은 후에 놀라
면서 이미 길동을 만류하지 못할 줄을 알고 탄식하
였다.

"네가 잠시 나가서 화를 피하고 어미 낯을 보아 얼

른 돌아와 실망하지 않게 하라."

하며 못내 슬퍼하니 길동은 어머니를 위로하며 눈물을 거두어 하직하였다.

대문 밖으로 나섰지만 넓은 천지간에 이 한 몸을 용납할 곳이 없으니 한탄하며 정처없이 떠난다.

한편 부인은 길동에게 자객을 보낸 것을 아시고 밤이 새도록 잠을 이루지 못하며 수없이 탄식하시자 장자 길현이 부인을 위로하였다.

"소자도 어쩔 수 없이 한 일이니 저 죽은 후에라도 어찌 한이 없을 것입니까? 제 어미를 더욱 후대하여 일생을 편하게 하고, 제 시신을 후하게 장례하여 섭섭한 마음을 조금이나마 덜까 합니다."

하고 밤을 지냈다.

이튿날 아침 길동이 거처하는 별당에 날이 밝도록 아무 소식이 없음을 이상하게 여겨 초낭은 노복을 보내 탐지하였다. 노복이 돌아와 말하기를, 길동은 간데없고 목 없는 주검 둘이 방 안에 거꾸러져 있어 자세히 보니 특자와 관상녀라고 하였다.

초낭이 이 말을 듣고 크게 놀라 급히 내당에 들어가 이 사연을 부인께 고하였다. 부인도 역시 크게 놀라며 장자 길현을 시켜 길동을 찾았으나 도무지 거처를 알지 못하는 것이었다.

대감께 자초지종을 아뢰며 죄를 청하니 대감이 크게 책망하여 말하였다.

"가내에 이런 변고를 지으니 장차 화가 끝이 없을 것이다. 간밤에 길동이 집을 떠나노라고 하직하기에 무슨 일인가 하였는데 이런 일이 있었음을 어찌 알았을 것이냐?"

하고, 초낭을 크게 꾸짖었다.

"네가 얼마 전에 괴이한 말을 자아내어 꾸짖고는 그 같은 말을 두번 다시 하지 말라 하였는데, 네도무지 마음을 고치지 않고 집안에서 이렇듯이 변을 지어내니 죄를 묻건대 죽음을 면치 못할 것이다! 당장 내 눈앞에서 사라져라!"

하며 초낭을 내쫓으시고는 노복을 불러 두 주검을 남이 모르게 치우고 마음 둘 곳을 몰라 좌불안석하셨다.

길동은 집을 떠나 사방으로 주류하고 있었다.

어느 날은 한 곳에 이르니 겹겹이 둘러싸인 산봉우리들이 하늘에 닿은 듯하고 초목이 무성하여 동서를 분별할 수 없는데, 햇빛은 세양이 되고 인가도 없어 진퇴유곡이었다. 바야흐로 주저하고 있는데 한 표주박이 시냇물을 따라 떠내려 오므로 인가가 있으리라 짐작하고는 시냇물의 물줄기를 따라 들어갔다.

어느 곳에 도착하자 산천이 열린 곳에 수백 인가가 즐비하게 있었다. 길동이 마을에 들어서 보니 수백 명이 모여 연회에 음식을 차려놓고 흥취 있
게 노는 잔치가 벌어졌는데 공론이 떠들썩하며 말이 많았다.

원래 이 마을은 도적들의 소굴이었다. 이날 마침 장수를 정하려는 공론이 분운하다는 말을 길동이 듣고 속으로 생각하였다.

'내 머물 곳 없는 처지로 우연히 이곳에 온 것은 하늘이 지시하신 것이다. 몸을 이곳 녹림(綠林)에 붙여 남아의 지기(志氣)를 펼 것이다.'

하고 좌중에 나아가 성명을 밝히면서 말하였다.

"나는 경성 홍승상의 아이로서 사람을 죽이고 망명 도주하여 사방에 주류하는 중인데, 오늘 하늘이 지시하시어 우연히 이곳에 이르렀으니 내가 녹림호걸(綠林豪傑)의 으뜸 장수됨이 어떠하냐?"

하고 자청하였다.

여러 사람들이 술에 취하여 바야흐로 공론난만하고 있다가 갑자기 난데없는 총각아이가 들어와 장수되기를 청하니 서로 돌아보며 길동을 꾸짖었다.

"우리 수백 명이 다 절인지력을 가졌으나 지금 두 가지 일을 행할 사람이 없어서 으뜸 장수 정하는 것을 망설이고 결정을 짓지 못하고 있는데, 너는 어떤 아이기에 감히 우리 연석에 들어와서 말을 괴망하게 하느냐? 목숨을 생각하여 살려 보내니 빨리 돌아가라!"

하고 등을 밀어 내쫓는다. 길동이 돌문 밖으로 나와 큰 나무를 꺾어 글을 썼다.

"용이 얕은 물에 잠기어 있으니 물고기와 자라가 침노하며, 범이 깊은 수풀을 잃으니 여우와 토끼의 조롱을 보는 것 같구나. 오래지 않아 풍운이 일어나면 그 변화를 측량하기 어려울 것이다!"

하였다.

한 군사가 그 글을 옮겨 적어 좌중에 드리니, 상좌의 한 사람이 그 글을 보고는 여러 사람에게 의논하였다.

"그 아이의 거동이 비범할 뿐 아니라, 더욱이 홍승상의 자제라 하니 풋내기의 재주를 시험한 후에 처치함이 나을 듯하다."

여러 사람들이 응낙하여 즉시 길동을 불러 좌상에 앉히고 말하였다.

"지금 우리의 의논이 두 가지가 있다. 하나는 이 앞의 초부석이라 하는 돌이 있는데 무게가 천여 근이라 좌중에서는 용이하게 드는 사람이 없고, 두 번째는 경상도 합천 해인사에 많은 재산이 쌓여 있으나 수도중이 수천 명이라 그 절을 치고 재물을 빼앗을 모책이 없다. 풋내기라도 네가 이 두 가지를 해내면 장수로 봉할 것이다."

길동이 이 말을 듣고 웃으며 말하였다.

"대장부가 세상에 나오면 마땅히 상통천문(上通天文, 천문에 대하여 잘 앎)하고, 하달지리(下達地理, 지리를 잘 앎)하고, 중찰인의(中察人意, 사람의 뜻을 잘 앎)할 것이다. 어찌 이만한 일을 겁낼 것인가!"

하고는, 즉시 팔을 걷고 초부석을 들어 팔 위에 얹고 수십 보를 걷다가 도로 그 자리에 놓으면서 조금도 힘겨워하는 기색이 없으니 모든 사람이 크게 놀라며 칭찬하였다.

"실로 장사로구나!"

하고, 상좌에 앉혀 술을 권하고 장수라 일컬으며 치하가 분분하였다.

길동이 군사에게 명하여 백마를 잡아 피를 나눠 마셔 맹세하면서 제군들에게 호령하였다.

"우리는 오늘부터 사생고락을 같이 할 것이니 만일

약속을 배반하고 영을 어기는 자가 있으면 군법으로 시행할 것이다!"

하니, 제군들이 영을 받들고 즐겼다. 며칠 후 길동이 제군들에게 분부하였다.

"내 합천 해인사에 가서 모책을 정하고 올 것이다."

하고, 서동(書童)의 복장으로 나귀를 타고 종자 몇 명을 데리고 가니 완연한 재상의 자제 모습이었다.

해인사에 노문(미리 보내는 공문)하기를,

"경성 홍승상댁 자제가 공부차로 오신다."

하니 절 안의 여러 스님들이 노문을 듣고 의논하였다.

"재상가의 자제가 절에 거처하시면 그 힘이 적지 않을 것이다."

하고, 모두 동구 밖에 나가 길동을 마중하였다. 길동이 혼연히 절 안에 들어가 좌정 후에 제승들에게 말하였다.

"내 들으니 너희의 절이 유명하다는
소문이 있어 한번 구경도 하
고 공부도 하려고 왔다.
그러니 너희도 괴롭게
생각하지 말고 절 안에 머
무는 잡인들을 모두 물리쳐라. 내가 이 고을 아중
에 가서 본관에게 말하여 백미 이십 석을 보낼 테
니 음식을 장만하여라. 내 너희와 더불어 승과 속
의 도리를 버리고 함께 즐긴 후에 공부를 시작할
것이다."

하니, 제승이 황공해하며 명을 받들었다.

길동은 법당의 구석구석을 다니며 두루 살펴본 후
에 마을에 돌아와 백미 이십 석을 절에 보내며 도
적군 수십 명에게 시키기를,

"아무 아중에서 보냈다."

하고 이르게 하였다. 제승들이 어찌 대적의 흉계를
알 것인가! 행여 분부를 어길까 염려하며 백미로

음식을 장만하고 한편으로는 절 안에 머무는 잡인을 다 내보내었다. 약속한 날에 길동이 제적(諸賊)에게 분부하였다.

"이제 해인사에 가 제승들을 다 결박할 것이니 너희들은 근처에 매복하였다가 일시에 절에 들어와 재물을 수탐하여 내가 이르는 대로 행하되 부디 영을 어기지 말라!"

당부하며 장대한 제적 십여 명을 거느리고 해인사로 향하였다. 이때 제승들이 동구 밖으로 마중을 나왔다. 길동이 제승들에게 분부하였다.

"절 안의 제승들은 하나도 빠지지 말고 일제히 절 뒤의 벽계로 모여라. 오늘은 너희와 함께 실컷 취하고 놀 것이다!"

하니, 중들이 먹기도 할 뿐더러 분부를 어기면 행여 죄를 물을까 염려하여 수천 제승이 동시에 벽계로 모이니 절 안은 텅 비게 되었다.

길동이 좌상에 앉고 제승을
차례로 앉힌 후에 각각 상을
받아 술도 권하며 즐기다가
이윽고 밥상이 들어오자 길동
이 몰래 소매로부터 모래를

꺼내어 입에 넣고 씹으니 돌 깨지는 소리에 제승이
혼비백산하는 것이었다.

길동이 크게 화를 내며 호통을 쳤다.

"내 너희와 더불어 승과 속의 분의를 버리고 하루
를 즐긴 후에 머물러 공부하려고 하였더니, 이 완
만(모질고 거만)한 중놈들이 나를 업신여기고 음식
의 부정함이 이와 같으니 가히 통분할 일이다!"

하며, 데리고 갔던 제적들에게 호령하였다.

"하나도 남김없이 모두 결박하라!"

재촉이 성화 같았다. 제적들이 일시에 달려들어 절
승을 모두 결박하니 어찌 조금이라도 사정이 있을
것인가. 이때 제적들이 동구 밖에 매복하였다가 이

기미를 탐지하고 일시에 절을 습격하여 창고를 열고 수만금의 재물을 제 것 가져가듯이 우마(牛馬)에 신고 가는데, 사지를 움직이지 못하는 중들이 어떻게 막을 수 있을 것인가! 다만 입으로만 원통하다 하는 소리에 절이 무너지는 듯하였다.

이때 절 안에 한 목공이 잔치에 참여하지 않고 절을 지키고 있었는데, 난데없는 도적(盜賊)들이 들어와 창고를 열고 제 것 가져가듯이 하는 것을 보고 급히 도망하여 합천 관가에 가 이 일을 아뢰었다. 합천의 원님이 크게 놀라 한편으로는 관인을 보내고, 또 한편으로는 관군을 조발하여 뒤를 쫓았다.

도적들이 재물을 신고 우마를 몰아 나서며 멀리서 보니, 수천 군사들이 풍우같이 몰려오는데 흙먼지가 하늘에 닿을 듯하였다. 제적이 크게 겁을 먹고 오히려 길동을 원망하였다. 길동이 웃으며 말하였다.

"너희가 나의 계책을 어찌

알 것이냐? 염려하지 말고 남쪽 대
로로 가라. 내가 저기 오는 관군들
을 북쪽 소로로 가게 하겠다."
하고 법당에 들어가 중의 장삼을
입고 고깔을 쓰고는, 높은 봉에 올
라 관군에게 외치며 말하였다.
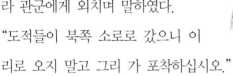
"도적들이 북쪽 소로로 갔으니 이
리로 오지 말고 그리 가 포착하십시오."
하며 장삼 소매를 날려 북쪽 소로를 가리키자 관군
이 오다가 남로를 버리고 노승이 가리키는 대로 북
쪽 소로로 갔다. 길동이 내려와서 축지법을 행하여
제적을 인도하여 마을로 돌아오니 제적들의 치하가
분분하였다.

이때 합천 원이 관군을 몰아 도적을 뒤쫓아 갔지만
자취도 보지 못하고 돌아와, 이 사건을 감영에 보
고하였다. 감사가 보고를 듣고 각 읍에 발포하여
도적을 잡으려 하였으나 도무지 형적을 몰라 분주
하기만 하였다.

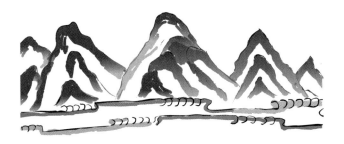

어느 날 길동이 제적들을 불러 의논하였다.

"우리가 비록 녹림에 몸을 붙였으나 다 나라의 백성이다. 대대로 나라의 수토를 먹으니 만일 위태한 지경을 당하면 마땅히 시석(矢石, 전쟁의 화살과 돌)을 무릅쓰고 민군을 도울 것이니 어찌 형법에 힘쓰지 않겠는가? 군기를 도모할 모책이 있으니 아무 날 함경도 감영 남문 밖의 능소 근처에 땔나무를 수운(배로 실어 나름)하였다가 그날 밤 삼경에 불을 놓되 능소에는 범하지 못하게 하라. 나는 남은 군사를 데리고 기다렸다가 감영에 들어가 군기와 창고를 탈취할 것이다."

약속을 정한 후 기약한 날에 군사를 두 패로 나누어 한 패는 땔나무를 수운하여 능소 근처에 불을 놓았다. 또 한 패는 길동과 함께 매복하였다가 삼경이 되어 능소 근처에 불길이 하늘로 치솟자 길동이 급히 들어가 관문을 두드리며 소리를 질렀다.

"능소에 불이 났으니 급히 구원해 주십시오!"

감사가 잠결에 크게 놀라 나와서 보니 과연 불길이 창천한 것이었다. 하인들을 거느리고 나가며 한편으로는 군사를 조발하느라 성 안이 물 끓는 듯하였다. 잠시후에는 백성들도 다 능소에 가고 노약자들만 남아 있어 성 안이 공허하였다.

그때 길동이 제적을 거느리고 일시에 감영 창고를 습격하여 창곡좌 군기를 도적한 후 축지법을 행하여 순식간에 마을로 돌아갔다. 감사가 겨우 불을 끄고 돌아오자 창곡 지킨 군사가 보고하였다.

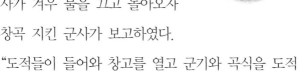

"도적들이 들어와 창고를 열고 군기와 곡식을 도적하여 도망갔습니다."

하여, 크게 놀라 사방으로 군사를 발포하여 찾았으나 형적이 없는 것이었다. 할 수 없이 변괴 사실을 나라에 보고하였다.

이날 밤에 길동이 마을에 돌아와 잔치를 베풀고 즐기며 말하였다.

"우리는 이제부터 선량한 백성의 재물은 추호도 탈취하지 않을 것이다. 악한 수령들과 관찰사들의 준민고택(재물을 착취하여 백성들을 괴롭힘)하는 재물만을 노략하여 불쌍한 백성들을 구제할 것이니, 이 동호를 '활빈당(活貧黨)'이라 할 것이다."

하고, 계속하여 말하였다.

"함경도 감영에서 군기와 곡식을 잃고 나서 우리 종적을 알지 못하면 저간에 애매한 사람들이 허다하게 상할 것이다. 내가 도적한 것을 애매한 백성에게 죄를 돌리면 사람들은 모르더라도 하늘의 벌이 두렵지 않겠는가?"

하고, 즉시 감영 북문에

써 붙였다.

"창곡좌 군기를 도적한

이는 활빈당 당수 홍길

동이다."

어느 날 길동이 생각하였다.

"나의 팔자가 무상하여 집을 도망하여 몸을 녹림호

걸에 붙였으나 본심이 아니다. 입신양명하여 위로

임금을 도와 백성을 구하고 부모에게 영화를 보여

드려야 마땅하나, 남의 천대를 분하게 여겨 이 지

경에 이르렀으니 차라리 이 길로 들어서 큰 이름을

얻어 후세에 전할 것이다."

하고, 초인(草人, 허수아비) 일곱을 만들어 각각 군사

오십 명씩 거느리고 팔도에 분발하였다. 초인들에

게 모두 혼백을 붙여 조화가 무궁하니 제적들도 어

느 도로 가는 것이 진짜 길동인 줄을 몰랐다. 초인

들이 팔도에 횡행하며 불의한 사람의 재물을 빼앗

아 불쌍한 사람을 구제하고, 수령의 뇌물을 탈취하고 창고를 열어 흉년 당한 백성들을 도우니, 각유소동하여 창고를 지키는 군사들이 잠을 이루지 못하고 지켰다. 그러나 길동의 술법으로 한번 움직이면 비바람이 몰아치고 구름과 안개가 자욱하여 천지를 분별치 못하니, 지키던 군사들은 손이 묶인 듯이 아무것도 못하는 것이었다. 팔도에서 작란(난리를 일으킴)하면서 명백히 외치기를,

"활빈당 장수 홍길동이다!"

당당히 이름을 밝히며 횡행하지만 누가 감히 종적을 잡을 것인가? 팔도 감사들이 동시에 장문을 올린 것을 전

하가 보셨다.

"홍길동 대적이 능히 풍운을 부려 각 읍에서 작란하여 아무 날은 이러한 고을의 군기를 도적하고, 아무 때는 아무 고을의 창곡을 탈취하였으나 이 도적의 자취를 잡지 못하여 황공한 사연을 보고합니다."

전하가 크게 놀라시며 각 도의 장문 날짜를 살펴보시니 각각 따로 올라온 길동의 작란친 날이 모두 같았다.

전하가 크게 근심하시며 여러 고을에 하교하였다.

"사대부나 서인을 가리지 않고 이 도적을 잡는 사람에게 후한 상을 내릴 것이다!"

이르시고 팔도에 어사를 내려 보내 민심을 안정시키고 이 도적을 잡으라 하였다.

그러나 이후로도 길동이 고을의 창고 문을 활짝 열어 백성을 진휼하고, 혹은 쌍교를 타고 다니며 악한 수령을 임의로 내쫓고, 죄인을 잡아 다스리며 무죄한 사람은 옥문을 열어 방송하며 다니는데 각읍은 도무지 길동의 종적도 모른 채 분주하여 나라가 흉흉하였다.

전하가 진노하여 말씀하셨다.

"이 어떤 놈의 용맹이 팔도에 동시에 나타나 이같이 작란하는고? 나라를 위하여 이놈을 잡을 자가 없다니 가히 한심하구나!"

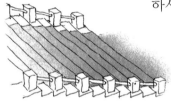

하시니 계단 아래에서 한 사람이 나왔다.

"신이 비록 재주는 없으나 일지병을 주시면 홍길동 대적을 잡아 전하의 근심을 덜어 드리겠습니다."

하고 말하는 이는 포도대장 이엽이었다.

전하가 기특하게 여겨 정병 일천 명
을 주시며 어명을 내렸다. 이업이
궐하에 숙배하직하고 그날로 출
발하였다. 과천을 지나서는 각
각 군사를 나누어 약속을
정하였다.

"너희는 이러이러한 곳으로 쫓아 아무 날 문경으로
모여라."

하고 남루한 미복차림으로 출행하여 며칠 후 어느
곳에 이르러 날이 저물자 주점에 들어가서 쉬기로
하였다.

그때 어떤 소년이 나귀를 타고 동자를 거느리고 들
어와 앉은 후에 성명과 주거지를 밝히고 담화를 하
다 그 소년이 차탄하였다.

"보천지하(普天之下, 온 세상)가 막비왕토(莫非王土,
왕의 땅이 아닌 곳이 없음)요, 솔토지민(率土之民, 온
나라의 백성)이 막비왕신(莫非王臣, 왕의 신하가 아닌
사람이 없음)이라. 그런데 대적 홍길동이 팔도에 작

란하여 민심을 요란하게 하니, 전하께서 진노하셔서 팔도에 공문을 보내고 방곡에 명령을 내려 잡으라하시는데도 도무지 잡지 못하니 분완한 마음은 온 나라가 마찬가지이다. 나 같은 사람도 약간의 용력으로 도적을 잡아 나라의 근심을 덜고자 하지만 힘이 넉넉하지 못하고 뒤를 도와 줄 사람이 없으니 개탄스럽다!"

이업이 그 소년의 태도를 보고 그의 말을 들어 보니 진실로 의기 있는 남자였다. 마음속으로 감복하여 소년의 손을 잡고 말하였다.

"장하다! 그대의 말을 들으니 진실로 충의를 겸한 사람이다! 내 비록 용렬하나 죽기로써 그대의 뒤를 도울 것이니 나와 함께 도적을 잡음이 어떠하냐?"

하는데, 그 소년이 또한 거짓으로 말하였다.

"그대 말씀이 그렇다면 지금 나와 함께 가서 재주

를 시험해 보고 홍길동이 거처하는 데를 탐지할 것
이다."

하니, 이엽이 승낙하고 그 소년을 따라 깊은 산중
으로 들어갔다. 그런데 갑자기 소년이 몸을 솟구쳐
층암절벽 위에 올라앉으며 말하였다.

"그대가 힘을 다하여 나를 차낸다면 그대의 용력을
알아낼 수 있을 것이다."

이엽이 온 몸의 기력을 다하여 그 소년을 차내자
소년이 몸을 돌려 말하였다.

"장사다! 이만하면 홍길동 잡기를 염려하지 않아도
될 것이다. 그 도적이 지금 이 산중에 있다니 내가
먼저 들어가 탐지하고 오겠다. 그대는 여기서 내가

돌아오기를 기다려라."

하므로 이업이 대답하고 그곳에 앉아 소년을 기다리고 있었다.

그런데 갑자기 형상이 기괴한 군사 수십 명이 황건을 쓰고 달려오며 외쳤다.

"네가 포도대장 이업이냐? 우리는 염라대왕의 명을 받아 너를 잡으러 왔다!"

일시에 달려들어 철쇄로 묶어 끌고가자 이업이 혼비백산하여 지하인지 인간세상인지 모르고 끌려갔다. 눈 깜짝할 사이에 궁궐 같은 큰 기와집이 있는 곳에 당도하였다.

이업을 잡아 정하에 꿇리니 전상에서 수죄하는 소리가 나며 꾸짖는다.

"네가 감히 활빈당 장수 홍길동을 쉽게 잡을 수 있기를 자신하느냐? 홍장군이 하늘의 명을 받아 팔도에 다니며 탐관오리와 비리로 취하는 놈의 재물을 앗아 불쌍한 백성을 구휼하는데, 너희 놈들은 나라를 속이고 임금에게 무고하여 옳은 사람들을 해코자 하는구나. 지하에서 너 같은 간사한 무리를 잡아다가 다른 사람들에게 경고하고자 하니 한탄하지 말라!"

하고, 황건역사에게 명하였다.

"이업을 잡아 풍도(지옥)에 보내 영원히 세상에 나오지 못하게 하라!"

하니, 이업이 머리를 땅에 두드리며 사죄하였다.

"홍장군이 각 읍에 다니며 작란하여 민심을 소동케 하여 국왕이 진노하셔서 신하의 도리에 그냥 앉아있지 못하고 명을 받들어 나왔을 뿐이니 인간의 무죄한 목숨을 잠시 부지해 주십시오."

하며 수없이 애걸하니 좌우 제인이며 전상에서 그
거동을 보고 크게 웃었다. 길동이 군사에게 명하여
이업의 결박을 풀어 전상에 앉히고 술을 권하며 말
하였다.

"머리를 들어 나를 보라! 그대가 주점에서 만났던
사람으로 내가 바로 홍길동이다. 그대 같은 이가

수만 명이라도 결코 나를 잡지 못할 것이다. 굳이
유인하여 이리 데리고 온 이유는 우리의 위엄을 보
이게 함이요, 이후에 그대처럼 범람하는 사람이 있
거든 그대로 하여금 말리게 하려는 것이다.”
하고는, 또 두어 사람을 잡아들여 정하에 꿇리고
수죄하였다.

"너희들을 베어야 할 것이나 이업을 살려 보내므로
너희도 방송하니 돌아가서는 또다시 홍장군을 잡으
려 하지 말라!"
이업이 그제서야 인간세
상인 줄은 알았으나 부
끄러워 아무 말도 못
하고 머리를 숙여 잠
잠히 있었다. 이윽고 앉
아 있다가 잠깐 졸았는데 문
득 깨어 보니, 사지가 묶여 움직이지 못하고 앞이
캄캄하여 눈에 보이는 것이 없었다. 죽을 힘을 다
해 움직여 벗어났더니 가죽 부대에 들어있었다. 그
앞에 또 가죽 부대 둘이 달려 있어 끌러보니 어젯
밤에 함께 잡혀 갔던 사람이요, 문경으로 보낸 군
사였다. 이업이 어이없어 웃으며 물었다.
"나는 어떤 소년에게 속아 이러이러하였는데 너희
는 어떤 연고냐?"
그 군사들도 어리둥절해 하며 대답하였다.

"소인들은 주점에서 자고 있었는데 어찌하여 이곳에 온 줄 알지 못하겠습니다."

하고, 사면을 살펴보니 장안의 북악이었다.

"허망한 말이다! 삼가 입 밖에 내지 말라."

이업이 당부하였다.

이후에도 길동의 수단이 신출귀몰하여 팔도에 횡행하는데도 능히 알아낼 자가 없었다.

수령의 간사한 짓을 적발하기 위해 어사로 출두하여 선참후계(먼저 처형하고 나중에 보고)하였다. 또 각 읍의 진귀한 뇌물들을 낱낱이 탈취해 가니 장안의 모든 벼슬아치들이 구차(떳떳하지 못함) 막심하였다. 상이 크게 근심하시고 있으니 우승상이 말하였다.

"신이 들으니 도적 홍길동은 전 승상 홍문의 서자라 합니다. 그러니 그 아비 홍문을 가두고 이조판서인 형 길현에게 경상감사를 보위하셔서 그의 서제 길동을 잡아 바치라 하면, 제 아무리 불충무도

한 놈이지만 그 부형의 낯을 보아 스스로 잡히지 않을까 합니다."

상이 이 말을 들으시고, 즉시 홍문을 금부에 가두라 하시고 길현을 패초(임금이 부름)하였다.

한편, 홍승상은 길동이 한번 떠난 후로는 소식이 없어 무슨 일이나 있지 않을까 염려하고 계셨다.

그런데 천만뜻밖에 길동이 나라의 노럭지(노략질)가 되어 이렇듯 작란하고 있으니 놀라는 마음에 어찌할 바를 모르고 있었다. 이 사연을 미리 나라에 알리기도 어렵고, 모르는 체 앉아있기도 어려워 근심만으로도 병이 되어 침석에 누워 일어나지도 못하고 있었다.

장자 길현은 이조 판서로 있었는데 부친의 병세가 위중하시어 집에 돌

아와 병구완을 하느라 조참에 나가지 아니한지 이미 몇 달이 넘었다. 그러한 이유로 조정의 사기를

모르고 있다가 갑자기 법관이 나와 조정의 명을 전하기를, 승상을 옥에 가두라 하고 판서를 패초하는 바라 일가가 모두 황황분주하였다.

판서가 궐하에 나가 대죄하니 상이 말씀하셨다.

"경의 서제 길동이 나라의 도적이 되어 범람하는데 그 죄를 의논한다면 마땅히 연좌(가족의 죄로 처벌받음)할 것이다! 그러나 그대의 지위를 잠시 보류하여 이제라도 경상도에 내려가 길동을 잡아서 홍씨 가문의 화를 면하게 하라."

하시니, 길현이 땅에 엎드려 말하였다.

"천한 동생이 일찍이 사람을 죽이고 도망하여 나갔는데 종적을 모르고 있다가 이렇듯 중죄를 지으니 신의 죄가 마땅히 큽니다. 다만 나이 팔십된 신의 아비가 천한 자식이 도적이 된 이유로 병이 생겨 사경에 있으니, 엎드려 바라건대 전하는 넓은 바다와 같은 은덕을 내리셔서 신의 아비가 집에 돌아가 조병하게 해 주십시오. 신이 반드시 서제 길동을 잡아 전하에게 바치겠습니다."

상이 그의 효성에 감동하시어 홍문은 집으로 보내어 치병하라 하고 길현을 경상감사로 보위하니 황은을 백배치사하였다. 길현은 경상도에 내려와 각읍에 공문을 보내어 방방곡곡에 방서를 붙여 길동을 찾았다.

그 방서의 내용을 보면,

"대법 사람이 세상에 나오면 오륜이 있는데 오륜 중에 군부가 으뜸이다. 오륜을 버리면 사람이 아니

라 하였는데, 너는 지혜와 식견이 보통 사람보다 더하면서 오륜을 잊고 있으니 어찌 애닯지 아니할 것인가?

우리 가문이 국은을 입어 자자손손이 녹을 받아 망극한 마음에 갈충보국하였는데, 우리 대에 이르러서 너로 말미암아 역명을 장차 어느 곳까지 미치게 될 줄 모르게 되어 어찌 한심하다 하지 않겠느냐. 난신과 적자가 어느 대라도 있을 수 있지만 설마

우리 문호에서 날 줄은 진실로 뜻하지 못하였다.

전하의 진노하심으로 보아 너의 죄는 마땅히 극형을 행하실 것이나, 성은이 망극하시어 죄를 더하지 아니하고 나에게 명하여 너를 잡으라 하시니 망극한 마음이 도리어 황공하구나.

팔십 노친이 백수모년에 너 때문에 밤낮으로 우려하시고 있는데 네가 이렇듯 변괴로 죄를 지어 놀라셔서 병이 되어 일어나지 못하시니, 만일 너로 인하여 부친께서 세상을 버리시면 네가 살아서도 역명을 입고, 죽어서 지하에 가더라도 천추만대에 불충불효의 죄를 남길 것이다.

또한 그 남은 우리 가문은 원통치 아니할 것이냐! 너의 넉넉한 소견으로 이를 생각지 못하느냐? 너의 죄를 세상이 용납하여 사람들이 비록 용서를 하더라도 천벌은 사정이 없을 것이다.

이제 마땅히 천명을 순수하여
조정의 처분을 기다릴 뿐이니
어떻게 할 것이냐! 네가 곧
돌아오기를 바랄 뿐이다!"

라고 하여 방을 써 붙였다.

길현은 아예 공무를 폐하고 전하의 근심과 부친의
병세를 염려하여 수심으로 날을 보내며 행여 길동
이 오기를 기다리고 있었다.

그러던 어느 날 하인이 말하였다.

"어떤 소년이 밖에 와서 뵙기를 청합니다."

하여 즉시 맞아들이자 그 사람이 섬돌 위에 엎드려
죄를 청하는 것이었다. 감사가 이상히 여겨 그 연
고를 물으니 그가 대답하였다.

"형장은 어찌 소제 길동을 모르십니까?"

하므로 감사가 반기며 길동의 손을 잡아 이끌고 방
에 들어와 한숨지으며 말한다.

"이 무상한 아이야! 네 어려서 집을 떠난 후에 이
제야 만나니 반가운 마음이지만 도리어 슬프구나!

너의 뛰어난 풍도와 재주로 어찌 이렇듯 불측한 일을 저질러 부형의 은혜와 사랑을 끊어지게 하느냐? 시골구석의 우매한 백성들도 임금에게 충성하고 아비에게 효도할 줄 아는데, 너는 성정이 총명하고 재주가 높아 마땅히 더욱 충효를 숭상할 사람으로서 몸을 그르치게 버려 충효에 있어서는 범인보다 못하니 어찌 한심치 아니할 것이냐?

부형되는 자는 고명한 자제를 두었다 하여 앞으로 잘 되리라 믿고 즐거워했는데 오히려 부형에게 근심을 끼치느냐? 네가 충의를 위하여 사지(死地)에 간다 해도 부형은 언짢을 것인데, 하물며 역명을 무릅쓰고 죽게 되니 그 부형의 마음이야 오죽할 것이냐!

국법에는 사정이 없으니 아무리 구원하려 해도 어쩌지 못하고 서러워한들 무슨 효험이 있을 것이냐? 너는 부형의 낯을 보아 죽기를 작심하고 왔으나 나는 두렵고 슬픈 마음이 너를 보지 않았을 때보다 더하구나!

너는 네가 지은 죄니 하늘과 사람을 원망하지 못해도, 부친과 나는 눈앞의 너를 죽이는 운명을 탓할 뿐이다! 네 어찌 이를 깨닫지 못하고 이렇듯 범람한 죄를 지었느냐? 천추를 역수하여도 생리사별이 오늘 밤에 미치지 못할 것이다!"

하니, 길동이 울면서 말하였다.

"이 불초한 동생 길동이 본래 부형의 가르침을 듣지 않으려는 것이 아니었습니다. 팔자가 기박하여 천생임이 평생의 한인데다가 집안의 시기하는 사람을 피하여 정처없이 다니다가, 뜻밖에 도적당에 빠져 죄명이 이에 미치었으니 내일은 소제 잡은 연유를 장계하고 소제를 결박하여 나라에 바치십시오."

하여 날을 새고는 아침이 되어 길동을 철쇄로 결박

하여 보내며 참연한 낯빛으로 하염없이 눈물을 흘렸다.

그런데 팔도에서 제각기 길동을 잡았다는 장문이 나라에 올라왔다. 사람마다 의혹하고 잡혀가는 길동을 구경하는 사람들로 길이 메일 지경이었다.

전하가 몸소 여덟 길동을 모두 국문하시니 여덟 길동이 서로 다투어 말하였다.

"네가 무슨 길동이냐? 내가 진짜 길동이다!"

하고, 서로 팔힘을 뽐내며 한데 어우러져 뒹구니 일장 가관이다. 만조제신들이며 좌우의 나장들도 그 진위를 알 수 없었다.

한 제신이 말씀드렸다.

"지자막여부(知子莫如父, 아버지만큼 아들을 잘 아는

사람은 없음)오니 홍문을 부르시어 그 서자 길동을 알아내라 하십시오."

상이 즉시 홍문을 부르셨다. 승상이 조정의 명을 받들어 엎드리니 상이 말씀하셨다.

"경이 일찍이 한 길동을 두었다 하였는데 이렇게 여덟이나 있으니, 어떠한 연고인지 경이 자세히 가려 형소를 어지럽게 하지 말라."

하시자, 승상이 백수에 눈물이 어린 채 길동을 꾸짖어 말하였다.

"네 아무리 불충불효한 놈이라도 위로는 성상이 친림하시고 버금 아래로는 아비가 있는데 성상 앞에서 군부를 기롱하여 불측한 죄가 더욱 크다! 빨리 형소에 나와 천명을 순수하라. 만일 그렇지 아니하면 네 눈앞에서 내가 먼저 죽어 성상의 진노하시는 마음을 만분의 일이라도 덜 것이다!"

하며 전하께 말하였다.

"신의 천한 자식 길동은 왼편 다리에 붉은 점 일곱이 있으니 이를 찾아내어 적발하십시오."

하자 여덟 길동이 일시에 다리를 걷고 일곱 점을
서로 자랑하는 것이었다.

승상이 더욱 진위를 가리지 못하고 근심과 두려움
을 이기지 못하여 기절하였다. 상이 놀라 급히 좌
우를 명하여 구원하려 하였으나 회생할 길이 없었
다. 그런데 여덟 길동이 자신들의 금낭에서 대추
같은 환약 두 개씩 꺼내어 서로 다투어 승상의 입
에 넣으니 잠시 후에 회생하였다.

여덟 길동이 울면서 말하였다.

"신의 팔자가 무상하여 홍문의
천비의 배를 빌어 낳았으나
아비와 형을 임의로 부르지
못하고 겸하여 집안에 시기하
는 자가 있어 목숨을 보전하지
못하겠기에 몸을 산림에 붙여 초목과 함께 늙자고
마음먹었습니다. 그런데 하늘이 밉게 여겨 도적당
에 빠졌으나 일찍이 백성의 재물은 추호도 취한 바
없고 수령이 받은 뇌물과 불의한 놈의 재물만을 앗

아 먹고, 간혹 나라 곡식을 도적하였으나 군부가
일체라 하였으니 자식이 아비 것 먹기로 도적이라
하겠습니까? 어린 자식이 어미의 젖을 먹는 것과
같습니다. 이는 모두가 조정의 소인배들이 성상의
총애를 가려 무소(없는 죄를 고소)한 죄요, 신의 죄
가 아닙니다."

상이 진노하시어 꾸짖어 말씀하셨다.

"네 무고한 재물은 취하지 아니했다
하면, 합천의 해인사 중을 속여 그 재
물을 도적질하고, 또 능소에 불을 놓
아 군기를 도적해 가니 이만한 큰 죄
가 또 어디에 있느냐?"

여덟 길동들이 엎드려 아뢰었다.

"불도라 하는 것으로 세상을 속이고 백성을 혹하게
하여 밭을 갈지 않고 백성의 곡식을 취하며, 베를
짜지 않고 백성의 의복을 얻고, 부모의 발부를 상
하게 하여 오랑캐 모양을 숭상하며, 군역을 도망하
고 세금을 피하니 이보다 더 불의한 일이 없습니

다. 또한 군기를 가져간 이유는 신들이 산중에서 병법을 익혔다가 난세를 당하게 되면 시석을 무릅써 임금을 도와 태평을 이루고자 함이며, 불을 놓았지만 능소에는 가지 않게 하였습니다. 신의 아비가 세대로 국록을 받아 갈충보국하여 성은을 갚으려 하는데, 신이 어찌 외람되게 범람한 마음을 두겠습니까?

죄를 의논한다 하더라도 죽을 죄를 지은 것도 아닌데, 전하께서 조신들의 무소만 들으시고 이렇듯이

진노하십니까? 신이 형벌을 기다리기 전에 먼저 죽
으니 노여움을 더십시오."

하고, 여덟 길동이 한데 어우러져 죽는 것이었다.

좌우 모두들 괴히 여겨 자세히 보니 진짜 길동은
간데없고 초인 일곱뿐이었다.

상이 길동의 기망한 죄를 보고 더욱 노하였다. 경
상감사에게 다시 조서를 내려 길동 잡기를 재촉하
였다.

이때 경상감사는 길동을 잡아 올리고 마음 둘 곳이
없어 공사를 전폐하고 조정의 소식을 기다리고 있
는데 교지가 내려왔다.

북궐을 향하여 절을 한 후에 교지를 읽어보았다.

"길동을 잡지 아니하고 초인을 보내어 형부를 착란
케 하여 거짓으로 임금을 기만한 죄를 면하지 못할
것이나, 아직은 죄를 묻지 않을 것이니 열흘 내로
길동을 잡아 올려라!"

하시고 뜻이 엄하였다.

감사가 황공무지하여 사방에 알려서 다시 길동을 찾았다.

하루는 달 밝은 밤에 난간에 기대어 있으니 선화당 들보 위에서 한 소년이 내려와 땅에 엎드려 두 번 절하여 자세히 보니 길동이었다.

감사가 꾸짖으며 말하였다.

"네가 갈수록 죄를 키워 가문에 화를 끼치고자 하느냐? 지금 나라의 엄명이 막중하시니 너는 나를 원망하지 말고 일찌감치 천명을 순수하라."

길동이 대답하였다.

"형장은 염려하지 마시고 내일 소제를 잡아 보내시는데, 장교 중에 부모와 처자가 없는 자를 골라 소제를 압송하게 하면 좋은 모책이 있습니다."

감사가 그 연고를 알고자 하지만 길동이 대답하지 않았다. 감사는 그렇게 하기로 하고 길동을 영솔하여 경사로 올려 보냈다.

조정에서는 길동이 잡혀온다는 말을 듣고 도감포수 수백 명을 남대문에 매복시켰다.

"길동이 문 안에 들어오거든 일시에 총을 놓아 잡아라!"
분부하였다. 이때 길동이 잡혀오면서 이 기미를 어찌 모를 것인가! 동작리를 건너면서 비 우(雨) 글자 셋을 써

서 공중에 날리며 남대문 안으로 들어섰다. 길동이 들어오자마자 좌우의 포수들이 일시에 총을 놓았으나 총구에 물이 가득하여 총을 쓸 수가 없었다.

길동이 궐문 밖에 도착하여 영솔한 장교들을 돌아보며 말하였다.

"너희가 나를 영거하여 이곳까지 왔으니 죽지는 않을 것이다."

하고, 몸을 날려 수레 아래로 내려와 천천히 걸어가는 것이었다. 오군문 기병들이 길동을 잡으려고 아무리 말을 채쳐 몰지만 길동의 축지법을 어떻게 당할 것인가! 만성인민들은 그 신기한 수단을 측량할 이가 없었다. 이날 길동이 사문에 글을 써 붙였다.

"홍길동의 평생소원이 병조판서이니 전하의 넓은 바다와 같은 은택으로 소신에게 병조판서 유지를 주시면 신이 스스로 잡힐 것입니다."

하였다.

이 사연을 조정에서 의논하는데 어떤 신하는,

"저의 소원을 풀어주어 백성의 마음을 안돈하자."

하고, 또 어떤 신하는 반대를 하며,

"제가 무도불측한 도적으로 척촌지공(약간의 재주)으로 날마다 백성들을 소동케 하고 나라와 성상께 근심을 끼치는 놈인데 어찌 한 나라의 병조판서를 맡길 것인가?"

하여 의논이 분운하여 결단치 못하고 있었다. 신하들이 그러고 있자, 길동이 동대문 밖의 한적하고 외진 곳에 가서 육갑신장을 호령하였다.

"군 진영을 이루라!"

두 집사가 공중에서 내려와 몸을 굽히고 좌우에 서더니, 난데없는 천병만마가 나타나서는 일시에 진을 이루고 황금으로 된 삼층 단상에 길동을 모시자 군용이 정제하고 위엄이 추상 같았다. 신장에게 호령하여 명하였다.

"조정에서 나를 참소하는 자들을 잡아들여라!"

하자, 신장들이 명을 듣고 소리개가 병아리를 낚아채오듯 순식간에 십여 명을 철쇄로 결박하여 잡아들여 단 아래에 꿇리고 수죄하였다.

"너희는 조정의 좀이 되어 나라와 임금을 속여 홍길동 장군을 해코자 하니 그 죄는 마땅히 베어야 하나 목숨이 불쌍하여 유예해 주는 것이다!"

하고, 각각 곤장 삼십 도씩 쳐서 내쳐 겨우 죽기를 면하였다.

길동이 또 한 신장을 불러 분부하였다.

"이제 오래지 않아 나는 조선국을 떠날 것이다. 그러나 부모가 계신 곳이라 만리타국에 있어도 잊지 못할 것이다. 내가 조정에서 국법을

잡고 있다면, 먼저 불법부터 없애 각 도의 사찰을 훼패(헐거나 부숴버림)하려고 하였으나 지금이라도 너희들은 각 절에 가서 혹세무민(惑世誣民)하는 중놈들을 일제히 잡아들여라!

또한 재상가의 자식이 세도를 부려 고단한 백성을 속여 재물을 취하는 불의한 일이 많으며, 마음이 교만한데도 구중이 깊어 하늘의 태양이 죄를 밝히지 못하고 있고, 간신들은 나라의 좀이 되어 성상의 총명을 가리니 가히 한심한 일이 허다하다. 장안의 호당(독서당의 문관)의 무리들을 낱낱이 잡아들여라!"

하여, 신장이 명을 듣고 공중으로 날아가더니 잠시 후에 중놈 백여 명과 경화자제(재상가의 자식) 십여 명을 잡아들였다.

길동이 위엄을 보이며 호령을 높여 각각 죄를 들추어내었다.

"너희를 다시는 세상을 보지 못하게 할 것이나 내가 나라의 명으로 국법을 잡은 것이 아니므로 너희들의 지위를 잠시 보류해 두겠다. 하지만 이후에도 고치지 않으면 너희가 비록 수만 리 밖에 있다 하더라도 잡아다가 벨 것이다!"

하며 엄한 형벌을 내리고 진문 밖에 내치었다.

길동이 소와 양을 잡아 군사들에게 먹이고 진용을 정제하니 맑고 푸른 하늘에 밝은 해가 고요하였다. 길동이 술을 마시고 반취한 후에 칼을 잡아 검무를 추니 검광이 분분하여 햇빛을 희롱하고, 춤을 추는 이의 옷소매는 바람에 가볍게 나부끼어 공중에 날리는 것이었다. 날이 저물자 진용을 파하여 신장을 돌려보내고, 길동은 몸을 날려 활빈당 처소로 돌아왔다.

이후로 길동은 종적을 감추고 대신 도적군을 내보내어 팔도에서 장안으로 가는 뇌물을 빼앗아 불쌍한 백성이

있으면 창곡을 내어 진휼하였다.

전하가 근심하면서 탄식하였다.

"이놈의 재주는 인력으로 잡지 못할 것이다. 민심이 이렇듯 요동하고 그 인재가 기특하니 차라리 재주를 취하여 조정에 둘 것이다."

하시고, 병조판서 직첩을 내어 길동을 부르셨다.

길동이 초헌을 타고 하인 수십 명을 거느리고 동대문으로 들어오므로 병조 하인들이 옹위하여 궐하에 이르러 전하께 숙배하였다.

"천은이 망극하여 분에 넘치는 은택에 병조판서에 오르니 망극한 신의 마음이 성은을 만분의 일도 갚지 못할까 황공합니다."

하고 돌아간 후로는 길동이 두 번 다시 작란하는

일이 없게 되었다. 조정에서도 길동을 잡는 영을
거두었다.

삼 년 후, 상이 달 밝은 밤에 월색을 구경하시고
있는데 하늘에서 한 선관이 오운(五雲)을 타고 내려
와 엎드렸다.

상이 놀라시며 말씀하셨다.

"귀인이 누추한 곳에 임하여 무슨 허물을 이르고자

하십니까?"

하시는데, 그 사람이 말하였다.

"소신은 전 병조판서 홍길동입니다."

상이 놀라며 길동의 손

을 잡으시고 물었다.

"그대는 그동안 어디에

있었느냐?"

길동이 대답하였다.

"그동안은 산중에 있었으나 이제는 조선을 떠나게

되어 다시는 전하를 뵐 날이 없으니 하직인사차로

왔습니다. 청하건대 전하의 넓으신 덕으로 정조(곡

식) 삼천 석만 주시면 수천 인명이 살 수 있으니

성은을 바랍니다."

상이 허락하시고 말씀하셨다.

"네 고개를 들라. 얼굴을 보고자 한다."

길동이 얼굴을 들지만 눈은 뜨지 않았다.

"신이 눈을 뜨면 놀라실까 하여 뜨지 않습니다."

하고, 이윽히 모셨다가 구름을 타고 가며 하직인사

드렸다.

"전하의 덕으로 정조 삼천 석을 주시니 성은이 갈수록 망극합니다. 정조를 내일 서강으로 수운하여 주십시오."

하고 돌아갔다. 상이 공중을 향하여 이윽히 바라보시며 길동의 재주를 못내 애석해 하셨다.

이튿날 곡식담당 관아에게 하교하였다.

"정조 삼천 석을 서강으로 수운하라."

하시니 조신들은 이유를 알지 못하였다. 정조를 서강으로 수운하자 강 위로부터 배 두 척이 와서는 정조 삼천 석을 싣고 갔다. 길동이 대궐을 향하여 절하고 배와 함께 떠나고는 어디로 가는지 아무도 모르게 되었다.

이날 길동은 삼천 도적군을 거느리고 망망대해로 떠났다.

제도라 하는 곳에 이르러 창고를 짓고 궁실을 지어 안정을 찾으며, 군사들로 하여금 농업에 힘쓰게 하고 각국에 왕래하여 물화를 교역하며 무예를 숭상하여 병법을 가르치니, 삼 년 내에 군기와 군량이 산처럼 쌓이고 군사가 강하여 당적해 낼 이가 없었다.

어느 날 길동이 제군에게 일렀다.

"내 망당산에 들어가 화살촉에 바를 약을 캐어 오겠다."

하고 떠나서는 낙천현에 이르렀다.

그곳에는 만석꾼 부자가 있었는데 성명은 백룡이었다.

그에게는 아들이 없고 일찍이 딸을 두었는데, 그의

딸은 아름다운 얼굴과 맵시가 고운 자태로 덕을 훌륭하게 갖추었다. 고서를 섭렵하여 이두의 문장을 가졌으며, 그림은 장강(중국의 화가)을 비웃고, 사덕(마음씨, 말씨, 맵시, 솜씨)은 태사를 본받아 말과 행동에 예절이 있었으니 그 부모가 극히 사랑하여 훌륭한 사위를 구하고 있었다.

그런데 나이 십팔 세에 이른 어느 날, 풍우대작하여 지적을 분별치 못하게 되고 뇌성벽력이 진동하더니 백소저가 간 곳이 없는 것이었다. 백룡의 부처가 경황실색하여 천금을 풀어 사방으로 수탐하는데도 종적을 찾을 수 없었다. 백룡이 실성한 사람이 되어 거리로 다니며 방을 붙였다.

"누구든지 딸자식이 있는 곳을 알아내어 찾아주면 사위를 삼고 재산을 반분할 것이다."

그때 길동은 망당산에 들어가 약을 캐다가 날이 저
물자 방황하며 갈 곳을 알지 못하고 있었다.

그런데 어느 한 곳에 불빛이
비치며 여러 사람들의 들
레는 소리가 나서 반가
이 그 곳으로 찾아가니
수백 무리가 모여 뛰놀
며 즐기는 것이었다. 몸
을 감추고 그 거동을 자세히
살펴보니 을동이라는 짐승으로 모양은 사람과 같았
다. 길동이 가만히 활을 잡아 상좌에 앉아 있는 장
수를 쏘니 정확히 가슴에 맞았다. 을동이 놀라며
크게 소리를 지르고 달아나 길동이 쫓아가 잡고자
하다가 밤이 이미 깊었으므로 소나무에 의지하여
밤을 지냈다.

다음날 아침 그 짐승이 흘린 피 흔적을 따라가 보
니 큰 집이 나타났는데 그중 웅장한 집이었다. 대
문을 두드리자 군사가 나와 길동을 보고 물었다.

"그대는 어떤 사람인데 이곳에 왔느냐?"

길동이 대답하였다.

"나는 조선국 사람으로 산중에 약을 캐러 왔다가 길을 잃고 이곳까지 왔다."

하여 그 짐승이 반기는 빛으로 말하였다.

"그대가 의술을 아느냐? 어제는 우리 대왕이 새로 미인을 얻어 잔치하며 즐기고 있었는데, 난데없는 화살이 날아와 대왕의 가슴을 맞혀 지금 사경을 헤매고 있다. 다행히 그대가 의술을 안다면 우리 대왕의 병세를 회복하게 하라."

길동이 대답하였다.

"내 비록 편작(춘추전국시대 의사)의 재주는 없으나 웬만한 병은 고칠 수가 있다."

하자 그 군사가 크게 기뻐하며 안으로 들어갔다. 이윽고 다시 나와서 정중히 청하므로 길동이 들어갔더니 그 장수가 신음하고 있었다. 길동이 상처를 살펴보고 대왕 을동에게 말하였다.

"이는 어렵지 않은 병입니다. 내게 좋은 약이 있어

한번 먹으면 상처에만 이로울 뿐 아니라 백병이 없어지고 장생불사할 것입니다."

대왕 을동이 크게 기뻐하며 말하였다.

"복이 몸을 삼가지 못해 스스로 부른 화를 당하여 목숨이 황천에 들게 되었는데, 천우신조하여 명의를 만났으니 선생은 급히 선약을 주시어 남은 목숨을 구제해 주십시오."

길동이 금낭을 열고 약 한 봉지를 내어 술에 타 주자 그 짐승이 받아 마셨다. 그러더니 잠시 후에 대왕 을동이 몸을 뒤채며 소리를 크게 질러 물었다.

"내가 너에게 원수 지은 일이 없는데 무슨 일로 나를 죽이려 하느냐?"

하며 제 동생들을 불러 일렀다.

"천만뜻밖에 흉적을 만나 명이 끊기게 되었으니 너희들은 이놈을 놓치지 말고 반드시 나의 원수를 갚아라!"

하고는 그대로 죽자 모든 을동들이 일시에 칼을 들고 달려들었다.

"내 형을 무슨 죄로 죽이느냐? 내 칼을 받아라!"

하여 길동이 냉소하며 말하였다.

"제 명이 그 뿐이다. 내가 어떻게 죽었단 말인가?"

하자 을동들이 크게 노하여 칼을 들어 길동을 치려 하였다. 길동이 대적하려고 하였으나 손에 작은 칼도 없어 사세가 위급하여 몸을 날려 공중으로 달아났다. 을동이 본디 수만 년을 묵은 요귀라 바람과 구름을 부리고 조화가 무궁하여 무수한 요괴 바람을 타고 올라왔다.

길동이 할 수 없이 육정육갑을 부르니 공중으로부터 수많은 신장들이 내려와 모든 을동들을 결박하여 땅에 꿇게 하였다. 길동이 칼을 빼앗아 수많은 을동들을 다 베었다. 곧바로 안으로 들어가자 여자 세 명이 있어 죽이려 하니 그 여자들이 울며 말하였다.

"첩들은 요귀가 아니오. 불행하게 요귀에게 잡혀와 스스로 죽으려 하였으나 틈을 얻지 못하여 죽지 못하였습니다."

길동이 그 여자들의 성명을 물으니 한 여자는 낙천현 백룡의 딸이요, 또 두 여자는 정통 양인의 딸이었다. 길동이 세 여자를 데리고 낙천현으로 돌아왔다.

백룡은 사랑하던 딸을 찾아 매우 기뻐하며 대연회를 베풀고, 마을 사람들이 있는 자리에서 길동을 사위로 삼자 사람들이 칭찬하는 소리가 진동하였다.

홍길동 No.101

또 정통 양인도 길동에게 청하였다.

"은혜를 갚을 길이 없으니 이들로 하여금 시첩을 허락합니다."

길동이 나이 이십이 되도록 봉황의 쌍유(雙遊)를 모르다가 한꺼번에 세 명의 부인을 만나 친근하니 은정(恩情)이 친밀하여 비할 데가 없었다. 또한 백룡 부처가 길동을 사랑함이 특히 더하였다.

그리하여 길동이 세 부인과 백룡 부처 등 일가족을 다 거느리고 제도로 들어가자 모든 군사들이 강변에 나와 맞이하여 제도 안으로 모셔와 대연을 베풀어 원로에 평안히 행차하심을 위로하고 즐기었다.

세월이 흘러 제도에 들어온 지 거의 삼 년이 지났다.

하루는 길동이 달빛을 즐기느라 월하에 배회하다가 문득 천문을 살펴 그의 부친이 돌아가시게 될 것을 알고 길게 통곡하자 백씨가 여쭈었다.

"낭군께서는 평소에 슬퍼하심이 없더니 오늘은 무

슨 일로 눈물을 다 흘리십니까?"

길동이 탄식하며 말하였다.

"나는 천지간 불효자요. 나는 본
디 이곳 사람이 아니라 조선국
홍승상의 천첩소생이라오. 집안
의 천대가 심하고 장부가 되어
조정에도 참여하지 못하여 울화
를 참지 못해 부모를 하직하고
이곳에 와 은신하였소. 오늘은 부모의 기후를 그리
워하다가 천문을 살피니 부친의 유명하신 명이 곧
세상을 이별하실 것 같소. 내 몸이 만 리 밖이라
즉시 갈수 없어 부친의 생전에 뵙지 못하게 됨을
슬퍼하는 것이오."

백씨가 듣고 내심 탄복하여 생각하기를,

"그 근본을 감추지 아니하니 장부로구나."

하고, 재삼 위로하였다.

이날로 길동이 군사를 거느리고 일봉산에 들어가
산의 기운을 살펴 명당을 정하고, 날을 택하여 역

사(役事)를 시작하여 좌우 산곡과 분묘를 능과 같이
하고 돌아와서 군사들을 불러 분부하였다.

"모월 모일 대선 한 척을 준비하여 조선 서강에 와
기다려라. 부모를 모셔 올 것이니 미리 알아서 거
행하라."

하니 군사들이 명을 듣고 물러가 거행하였다. 이날
길동이 백씨와 두 시첩들과 하직하고 소선 한 척을
재촉하여 조선으로 향하였다.

한편, 승상이 연로하여 갑자기 병을 얻었는데 구월
보름날에는 더욱 위중해져 부인과 장자 길현을 불
러 말하였다.

"내 나이 이제 구십이라 이제 죽은들 무슨 한이 있
을까마는, 길동이 비록 천첩소생이나 또한 나의 골
육이다. 한번 문 밖에 나가니 존망을 알지 못하고
임종에 얼굴도 못 보니 어찌 슬프지 않을 것인가?
나 죽은 후에라도 길동의 모친을 대접하여 편하게
하며, 나중에 길동이 만날 것을 생각하여 돌아오거

든 천비소생
으로 여기지 말
고 동복형제같이
생각하여 부디 나의 유언을 저버리
지 말라."

하시고, 길동의 모친을 불러 가까이 앉
혀 손을 잡고 눈물을 흘리며 말하였다.

"내 너를 안타까워하는 것은, 길동이 나간 후에 소
식이 끊어져 사생존망(死生存亡)을 몰라 내가 이처
럼 간절한데 네 마음이야 어떻게 측량할 것이냐?
길동은 녹녹한 인물이 아니다. 살아 있다면 너를
저버리지 않을 것이다. 부디 몸을 가볍게 버리지
말고 안보(安保)하여 좋게 지내고 있으라. 내 황천
에 돌아가도 눈을 감지 못하겠구나."

하시고 잠시 후에 별세하시니 부인이 기절하시고
좌우 다 망극하여 곡성이 진동하였다. 길현이 슬픈
마음을 억제하지 못하여 눈물이 비 오듯 하나, 부
인을 붙들어 위로하여 진정시킨 후에 초상등절을

예로써 극진히 차렸다. 길동의 모는 더욱 망극 애
통해 하니 그 정상(情狀, 딱하고 가엾음)이 자닝스러
워(애처롭고 불쌍하여) 차마 볼 수가 없었다.

장자 길현은 승상의 졸곡(卒哭) 후에 명산의 땅에
안장하기 위하여 여러 지관을 데리고 산지사방으로
구하였으나 마땅한 곳이 없어 근심하고 있었다.

이때 길동이 서강에 도착하여 승상 댁에 이르렀다.
곧바로 승상 영위(靈位)전에 들어가 엎드려 통곡을
하므로 상인(喪人)이 자세히 보니 길동이었다. 대성
통곡 후에 길현이 길동을 데리고 내당에 들어가 부
인께 고하니 부인이 크게 놀라며 반겨 맞았다.

부인은 길동의 손을 잡고 눈물을 흘렸다.

"네 어려서 집을 떠나 이제야 들어오니 예전의 허
물이 부끄럽구나. 그나저나 그사이 삼사 년은 종적
을 끊고 어디로 갔었더냐? 대감이 임종하시면서도
너를 잊지 못하시니 어찌 원통치 아니할 것이냐?"

하시고 길동 어미를 부르시어 모자가 서로 만나니
흐르는 눈물을 금치 못하였다.

길동이 부인과 그의 모친을 위로한 후 형장에게 말하였다.

"소제가 그간 산중에 은거하여 지리를 잠심(潛心)하여 대감의 말년유택을 정한 곳이 있는데 괜찮을지 모르겠습니다. 이미 정한 곳이 있습니까?"

형장이 이 말을 듣고 매우 반기면서 유택을 아직 정하지 못한 얘기를 나누며 형제가 밤이 새도록 정회를 풀었다.

이튿날 길동이 형장을 모시고 어느 곳에 이르러 말하였다.

"이곳이 소제가 보아 둔 땅입니다."

길현이 사면을 살펴보니 중중한 석각이 험악하고 겹겹이 쌓인 오래된 무덤이 수없이 많아 마음속으로 불합(不合)하여 말하였다.

"소제의 높은 소견을 알지는 못하나 나는 이곳에 모실 생각이 없으니 다른 땅을 점복하는 것이 좋겠다."

길동이 거짓으로 탄식하는 체하며 말하였다.

"이 땅이 비록 이러해도 누대 장상의 땅인데 형장의 소견이 불합하다니 개탄스럽습니다!"

하고, 도끼를 들어 몇 척을 파보니 오색 기운이 일며 청학 한 쌍이 날아가는 것이었다.

형장이 이것을 보고 크게 뉘우치며 길동의 손을 잡고 말하였다.

"어리석은 형의 소견으로 절언대지(아주 좋은 묏자리)를 잃었으니 진정으로 아쉽구나! 혹시 다른 땅이 또 없느냐?"

길동이 말하였다.

"한 곳이 더 있지만 수천 리 먼 길이라 그것이 염

려됩니다."

길현이 다급히 말하였다.

"부모의 백골이 평안할 곳이라면 수만 리라도 탓하지 않을 것이다."

그리하여 길동과 함께 집에 돌아와 그 말씀을 드리자 부인이 못내 아쉬워하셨다.

날을 택하여 대감의 영위를 모시고 제도로 향하기 전에 길동이 부인께 청하였다.

"소자가 돌아와서도 모자의 정을 다 펴지 못하였고, 또 대감의 영전에 조석공양도 올려야 하니 이번 길에 제 어미와 함께 가면 좋을까 합니다."

부인이 그렇게 하도록 허락하셨다.

그날로 출발하여 서강에 다다르니 제군들이 대선한 척을 대후하였다. 상구를 배에 모신 후에 짐바리 노복들을 다 물리치고 그 형장과 어미를 모시고 만경창파로 떠나가니 방향을 알지 못하였다.

수일 후에 제도에 도착하여 상구를 청상에 모시고 일봉산에 올라 장례를 모시는데 산역하는 모습이

능묘처럼 호화로웠다.

장례 절차가 분에 넘치는

것을 보고 형장이 놀라

자 길동이 말하였다.

"형장은 의심치 마십시오. 이곳은 조선 사람이 출

입하는 곳이 아니며 자식이 부모를 후장하는 것이

죄가 되지 않습니다."

안장한 후에 형장은 길동의 거처로 돌아와서 몇 개

월을 더 머물다가 고향으로 돌아가고자 하였다.

길동이 형장의 길 떠날 차비를 차리면서 이별을 고

하여 말하였다.

"형장을 다시 볼 날이 막연합니다. 제 어미는 이미

이곳에 와서 모자간에 차마 떠나지 못하며, 형장은

대감을 생전에 모셔서 아쉬움이 없을 것이니 사후

의 향화(香火, 제사)는 소제가 받들어 불효의 죄를

조금이나마 덜까 합니다."

길현이 허락하여 함께 산소에 올라 하직하고 길동

의 모친과 백씨를 이별하며 피차에 다시 만남을 당

부하고 못내 연연하
였다.

소선 한 척을 재
촉하여 고국으
로 떠나려 하면
서 형장은 길동의 손을 잡고 말하였다.

"슬프다! 이별이 오래될 것 같구나. 소제는 나의
사정을 헤아려 생전에 대감 산소를 다시 보게 해
다오."

하며 하염없는 눈물이 옷깃을 적시었다. 길동이 또
한 눈물지으며 말하였다.

"형장은 고국에 돌아가 부인을 모시고 만세무강하
십시오. 다시 모일 기약을 정하지 못하여 남북 수
천 리에 나뉘어 강금(형제간 이불을 같이 덮고 잔다
는 뜻)의 이불이 차고 척령(형제간 우의를 보이는 할
미새)의 날개가 고단하니, 속절없이 북으로 가는 기
러기를 탄식하며 동으로 흐르는 물을 보고만 있을
따름이라 생리사별을 당하여 생각하는 정은 피차

마찬가지입니다. 아무리 철석간장(굳센 의지)인들 차마 견디겠습니까?"

하며, 두 줄기의 눈물이 흘러내려 진실로 크게 상심하였다. 떠가는 구름마저 머무는 듯하여 차마 떠나지 못하다가 억지로 참으며 서로 위로하고 나서야 배를 띄웠다.

길현은 몇 개월 만에 고국에 돌아와 모부인을 뵙고 산소에 관한 일의 자초지종을 낱낱이 말씀드리니 부인도 못내 애석해 하시었다.

길동은 형을 이별한 후에 제군들에게 권하여 농업에 힘쓰고 군법을 일삼으면서 그럭저럭 삼년상을 지내고 나니, 양식이 넉넉하고 수만 군졸의 무예와 기보하는 법이 천하에 최강이 되었다.

근처에 율도국이라는 나라가 있었는데, 중국을 섬기지 않고 수십 대의 자손들에게 물려가며 덕화유행(덕으로 다스림)하여 나라가 태평하고 백성들이 넉넉하였다.

길동이 제군들과 의논하였다.

"우리가 이 제도만 지키며 세월을 보낼 것인가? 이
제 율도국을 치려고 하니 각각의 소견은 어떠하
냐?"

모든 제군들이 원하였으므로 즉시 택일하여 출사하
였다. 삼호걸로 선봉을 삼고 김인수로 후장군을 삼
고 길동이 스스로 대원수가 되어 중영을 총독하니
기병이 오천이요, 보졸이 이만이었다. 금고함성에
강산이 진동하고 기치검극은 일월을 가렸다.

군사를 재촉하여 율도국으로 향하는데 지키는 성마
다 당할 자가 없어 문을 열어 항복하고 준비한 음
식으로 환영하는 것이었다. 몇 개월 만에 칠십여
성을 함락하니 위엄이 온 나라에 진동하였다.

율도국 도성 오십 리 밖에 진을 치고 율도왕에게
격서를 전하니 그 글의 내용은 이러하였다.

"의병장 홍길동은 삼가 글월을 율도왕 좌하에게 드
리니, 나라는 한 사람이 오래 지키지 못하는 법이
다. 이런 까닭으로 성탕은 하걸을 치고 무왕은 상

주를 내치니 다 백성을 위하여 어지러운 시대를 평
정하기 위함이다. 이제 의병 이십만을 거느려 칠십
여 성을 항복받고 여기에 이르렀으니 왕은 대세를
이길 듯하거든 자웅을 겨루고, 세가 약하거든 일찍
항복하여 천명을 순수하라."

하고, 다시 율도왕을 위로하여 말하였다.

"백성을 위하여 쉽게 항복하면 한 고을을 맡겨 사
직(社稷)을 망하게는 않게 할 것이다."

하였다.

율도왕은 갑자기 이름 없는 도
적들이 쳐들어와 칠십여
성을 항복받고, 도적들
이 가는 곳마다 대적하
지도 못하고 도성을 잃
게 되니 비록 지혜가 있
는 신하라도 나라를 위하여
아무것도 꾀하지 못하고 있었다. 그때 격서가 왔는
데 여러 신하들은 속수무책으로 아무것도 못하고

장안만 진동하는 것이다.

제신들이 의논하였다.

"이제는 도적의 대세를 당하지 못할 것입니다. 싸우지 말고 도성을 굳게 지키면서 기병을 보내어 그들의 군수품과 군량들을 배로 운반하는 길을 막으면 적병이 싸움을 하지 못할 것입니다. 또 물러갈 곳이 없으면 몇 개월이 못 되어 우리가 적장의 머리를 성문에 달 것입니다."

의논이 분운하는데 수문장이 급히 보고하였다.

"적병이 벌써 도성 십 리 밖에 진을 쳤습니다."

율도왕이 크게 분노하여 정병 십만을 조발하고 친히 대장이 되어 삼군을 재촉하여 호수를 막아 진을 쳤다.

이때 길동이 형지를 수탐한 후에 제장과 의논하였다.

"내일 오시에 율도왕을 사로잡을 것이니 군령을 어기지 말라."

하고 제장을 분발하고 삼호걸을 불러 이르기를,

"그대는 군사 오천을 거느려 양관 남쪽에 복병하였다가 호령을 기다려 이리이리하라."

후군장 김인수를 불러 이르기를,

"그대는 군사 이만을 거느려 이리이리하라."

또 좌선봉 맹춘을 불러 이르기를,

"그대는 철기 오천을 거느려 율도왕과 싸우다가 거짓으로 패하고 왕을 유인하여 양관으로 달아나다가 추격하는 병사들이 양관 어귀에 들거든 이리이리하라."

하고, 대장의 기치와 백모황월(임금의 대권)을 주었다.

이튿날 아침에 맹춘이 진문을 활짝 열고 대장의 기치를 진전에 앞세우고 율도왕을 향해 외쳤다.

"무도한 율도왕이 감히 천명을 항거하니 나를 대적할 재주가 있거든 빨리 나와 자웅을 겨루자!"

하고 진문에 달려들어 재주를 뽐내며 거들먹거리자, 율도국의 선봉인 한석이 그 소리에 대응해 말을 달려 나오며 외쳤다.

"너희는 어떠한 도적이기에 천위를 모르고 태평시절을 분란케 하느냐? 오늘 너희들을 사로잡아 민심을 안돈할 것이다!"

말을 마치고 상장이 합전하여 싸우더니, 몇 합이 못 되어 맹춘의 칼이 번쩍 빛나며 한석의 머리를 베어 들고 좌충우돌하며 말하였다.

"율도왕은 죄없는 장졸들을 상하게 하지 말고 쉬이 나와 항복하여 남은 목숨을 보전하라!"

하니, 율도왕이 선봉의 패함을 보고 분기를 이기지 못하여 녹포운갑에 자금투구를 쓰고 왼손에 방천극 창을 들고

천리마를 재촉하여 진전에 나섰다.

"적장은 잔말 말고 나의 창을 받아라!"

하고, 황급히 맹춘과 싸우니 십여 합 끝에 맹춘이 패하는 척하며 말머리를 돌려 양관으로 향했다. 율도왕이 꾸짖어 말하였다.

"적장은 달아나지 말고 말에서 내려 항복하라!"

말을 재촉하여 맹춘을 쫓아 양관으로 가는데 적장이 골짜기 어귀에 들어서자 군기를 버리고 산골짜기로 달아나는 것이었다.

율도왕은 무슨 간계가 있나 의심하였으나,

"네가 간사한 꾀를 부리더라도 내 어찌 겁낼 것인가?"

하고 군사를 호령하여 다급하게 추격하였다.

이때 길동은 율도왕이 양관 어귀에 들어오는 것을 장대에서 보고 신병 오천을 호령하여 대군과 합세하여 양관 어귀에 팔진(여덟 개의 군진)을 쳐 돌아갈 길을 막았다. 율도왕이 적장을 쫓아 골짜기에 들어오자 방포소리가 나며 사면의 복병이 합세하여 그 세가 풍우와도 같았다. 그제야 길동의 꾀에 빠진 것을 알고 군사를 돌려 나오려고 하였다. 그러나 양관 어귀에는 이미 길동의 대병이 길을 막아 진을 치고 항복하라 하는 소리가 천지를 진동시키고 있었다. 율도왕이 힘을 다하여 진문을 헤치고 들어갔다. 그러나 곧 풍우대작(風雨大作)하고 뇌성벽력이 진동하며 지척을 분별하지 못하여 군사들이 어리둥절하여 갈 바를 모르게 되었다. 율도왕이 크게 놀라 급히 헤친들 팔진을 어떻게 벗어날 수 있을 것인가? 말들과 창들이 동서를 횡행하고 길동이 제장들을 호령하여 적장들을 결박하라 하는 소리가 추상같았다.

율도왕이 사면을 살피니 따르는 군사가 하나도 없었다. 스스로는 벗어나지 못하게 될 것을 알고 분기를 이기지 못하여 자결하였다.

길동이 삼군을 거느려 승전고를 울리며 본진으로 돌아와 율도국 군사들에게 음식을 베푼 후에 율도왕을 왕례로 장사하였다.

또한 삼군을 재촉하여 도성을 에워싸자 율도왕의 장자가 흉변을 듣고 하늘을 우러러 탄식하며 자결하였다. 제신들은 어쩔 수 없이 율도국 세수(世守)를 받들고 항복하였다. 길동이 대군을 몰아 도성에 들어가 율도왕의 아들도 왕례로 장사하였다.

또한 백성들을 평안하게 하고 각 읍에 대사하여 죄 없는 사람들을 풀어주고 창고를 열어 백성들을 진휼하니 모두 그 덕을 치하하였다.

날을 택해 왕위에 오르고 나서, 부친 승상을 추존하여 태조왕이라 하고 능호를 현덕능이라 하며, 모친을 대왕대비로 봉하고 백룡을 부원군으로 봉하며, 백씨를 중전왕비로 봉하고 정통 양인들은 정숙비로 봉하며, 삼호걸을 병조판서 대장군으로 봉하여 병마를 총독하게 하고, 김인수는 청주절도사를 내리시며, 맹춘은 부원수를 내리시고 남은 제장들에게 차례로 상을 주시니 한 사람도 원망하는 이가 없었다.

새 왕이 등극한 후에 시화연풍(時化年豊)하고, 국태민안(國泰民安)하여 사방에 일이 없고, 덕화대행하

여 도불습유(道不拾遺)하였다.

태평으로 세월을 보내다가 수십 년 후에 대왕대비가 승하하시니 시년 칠십삼이었다. 왕이 못내 슬퍼하여 현덕능에 안장하고 예절로 모시는 효성이 신민들을 감동시켰다.

왕은 삼자이녀를 두셨는데 장자 항이 그의 아버지의 풍도를 본받았다. 신민들이 다 우러러보니 장자를 태자로 봉하시고 열 읍에 대사하시어 태평연회를 열어 베풀고 즐기니 왕의 시년 칠십이었다.

술을 마시고 반취하신 후에 칼을 잡고 검무를 추며 노래하셨다.

"칼을 잡고 오른편에 비켜서니 남명이 몇 만 리냐,
대붕이 날아다니니 회오리바람이 이는구나!
춤추는 소매는 바람을 따라 가볍게 나부끼네.
우이(해 뜨는) 동편과 매곡(해 지는) 서편이로다.
풍진을 쓸어버리고 태평을 일삼자
상서로운 구름이 일어나고 상서로운 별이
비치는구나!
맹장이 사방을 지켜 도적이 경계를 엿볼
일이 없도다."

도성 삼십 리 밖에 월영산이 있었는데 예로부터 선
인이 득도한 자취가 왕왕 머물러 갈홍(중국의 연금
술사)의 연단하던 부엌이 있고, 마고 선녀의 승천하
던 바위가 있어 기이한 화초와 한가로운 구름이 항
상 머무는 곳이었다.
왕이 그 곳의 산수를 사랑하고 적송자를 따라 놀고

자 하여 그 산중에 삼간누각을 지어 중전 백씨와
더불어 곡식을 물리치고 오직 천지정기를 마셔 선
도를 배우는 것이었다.

태자는 왕위에 오른 후 하루에 세 번 거동하여 부
왕과 모비전에 문안인사를 드리고 있었다.

그러던 어느 날 뇌성벽력에 천지가 진동하며 오색
운무가 월영산을 뒤덮었다. 잠시 후 뇌성이 멈추고
천지가 명랑하며 선학소리가 나더니 갑자기 대왕과
모비가 사라졌다. 왕이 황급히 월영산에 올라 찾아
보았으나 종적이 막연하였다. 망극한 마음을 이기
지 못하시어 공중을 향하여 목 놓아 소리 내어 울
었다.

왕은 두 신위를 현덕능
에 허장(虛葬)하였다. 사
람들이 이르기를,

  "우리 선대왕은 선도를 닦아 신선이 되어 하늘로
올라가셨다."

하였다.

왕은 백성을 사랑하여 덕으로 다스리기를 힘쓰고 나라가 태평하여 격양가(풍년을 노래함)를 부르니, 성군의 자손들이 계계승승 태평으로 지내게 되었다. 또한 조선 홍승상댁 대부인이 말년에 졸(卒, 돌아가심)하시자 장자 길현이 예절을 극진히 하여 선산에 장례하고 삼년상을 지냈다. 그후 길현은 조정에 집권하여 초입사에 한림학사 대간을 겸하고 연속 승진하여 홍문관 교리 수찬에서 승직하여 승상을 지내게 되었다. 이렇게 발복(發福)하여 영화는 나라의 으뜸이었으나 매일 부친의 묘소를 생각하고 동생을 보고 싶어도 남북의 길이 멀어 슬퍼하지 않을 수 없었다.

아름답구나! 길동은 쾌달(快達, 뜻을 다 이룬)한 장부로다! 비록 천생이었으나 쌓인 한을 풀고 효우(孝友)를 다하여 운명의 뜻을 이루니 만고에 희한한 일이므로 후세 사람들이 모두 알게 하였다.

허균 (許筠 1569~1618)

조선 중기 문신·문학가이며 자는 단보(端甫), 호는 교산·학산(鶴山)·성소(惺所)·백월거사(白月居士)이다. 누이는 난설헌(蘭雪軒)이다. 1597년 문과에 급제한 후 여러 벼슬을 거쳐 좌참찬(左參贊)에 올랐으나 관직 생활 중 세 번이나 파직당하는 등 파란의 연속이었다. 그는 시문에 뛰어난 천재이며, 출중한 재능을 지녔으나 서얼차대(庶孽差待)의 벽에 걸려 불우한 일생을 보내던 스승 이달을 통해 사회적 모순을 발견하였고, 이것을 계기로 사대부 계통의 문인 보다는 서얼 출신 문인들과 어울렸다. 인간주의적·자유주의적 사상을 키우면서 당시 사회제도의 모순을 과감히 비판하였고, 불교의 중생제도 사상, 서학(西學)과 양명좌파 사상 등을 받아들여 급진적 개혁 사상을 갖게 되었다. 1618년(광해군 10) 하인준·김개·김우성 등과 반란을 계획한 것이 탄로나 능지처참을 당하였다. 최초의 국문 소설인 《홍길동전》은 봉건 체제의 모순과 부당성을 폭로한 그의 개혁 사상을 잘 나타내고 있으며 국문 소설의 효시가 되었다. 한문학에서 당대 제일의 문장가였으며, 또한 시·비평에도 안목이 높아 《국조시산》 등 시선집을 편찬하고, 《성수시화》 등 비평 작품을 썼다. 그 밖의 저서로는 사회의 모순을 비판하는 《성소복부고》, 《교산시화》, 《학산초담》 등이 있다.

국어과 선생님이 뽑은

한국문학읽기
한국고전읽기
세계문학읽기